AF192185

Deutschland heute: Zwischen Schirach und Polak, oder: andersrum?

Zunächst einmal zu Schirach:

Einen sehr speziellen (Aufarbeitungs)Ansatz zu den Gräueltaten des Naziregimes entwickelte Baldur, äh, Ferdinand von Schirach in seinem, erst kürzlich erschienenen Werk „der Fall Collini". Hier wird – vordergründig – ein Mann beschrieben, der als Sohn bzw. Bruder eines Opfers dieser Gräueltaten, kurzer Hand Selbstjustiz an einem der (Nazi)Verbrecher übte.

So ermordet er, Jahre später, einen der Täter eigenhändig, um so für dessen Tat Sühne zu suchen.
Er wählte dazu ein prominentes Opfer: den, zu seiner Zeit hochgeschätzten, Großindustriellen und früheren „SS-Sturmbannführer Hans Meyer", der als befehlshabender Offizier „nichts anderes" Tat, als den Erschießungsbefehl gegen Collinis Vater zu erlassen.
Collinis Vater war unschuldiges Opfer einer Widerwärtigkeit der Sonderklasse dieser Zeit geworden. Er „musste" gemeinsam mit 20 Anderen für eine sogenannte Vergeltungsaktion der Nazis herhalten.

Das wäre – für sich betrachtet – schon schlimm genug; in diesem Fall gab es aber, so man den Worten des Autors Glauben schenken will, noch eine Steigerung:

Akkurat im Jahre 1968, „„…als Studenten – unter anderem - ihre Eltern für das Dritte Reich verantwortlich machten" , wurde vom Bundestag ein Gesetz beschlossen, dass solche nationalsozialistische (Greuel) Taten verjähren ließ !

Es hieß EGOWiG (Einführungsgesetz zum Ordnungswirdigkeitsgesetz) und wurde von einem Mann entreeiert, der selbst eine sehr dunkle Vergangenheit aufzuweisen hatte: er war Staatsanwalt am Sondergericht Innsbruck. Trotz dieser Vergangenheit wurde der Mann im Jahre 1951 in´s Bundesjustizministerium geholt und später Ministerialdirigent und Leiter der Strafrechtsabteilung.
Diesem „netten Herren", einem gewissen Eduard Dreher, gelang es nun, die Verbrechen von sogenannten Mordgehilfen (der nationalsozialistischen Ära) über das vorgenannte EGOWiG – einfach – verjähren zu lassen…..

Aber: WAS sind bitte Mordgehilfen?
Nach der geltenden Rechtssprechung : ALLE, mit Ausnahme der höchsten (damaligen) Führung, wie Hitler, Himmler, Heydrich, Baldur von Schirach etc. etc.

Daher wurde auch das Straf-Verfahren gegen den „SS Sturmbannführer Hans Meyer", dass Collini, im guten Glauben an die Gerechtigkeit angestrengt hatte, wegen Verjährung des „Mordgehilfen" eingestellt !

Nun zu meinem Freund, OLI POLAK; das ist DER, der gerne ein wenig provoziert und dabei auch recht gerne den Juden raushängen läßt......

Dieser schreibt in seinem, inzwischen kaum mehr jemand vorzustellenden Buch, „.... ich bin Jude, ich darf das!", ein Werk übrigens, dass stark autobiographische Züge aufweist, und für mich eine – ganz andere - Art von Aufarbeitung darstellt, zu dem allseits bekannten Spruch:

„....vor Eichen sollst Du weichen, Buchen sollst Du suchen" – den ihm seine Klassenlehrerin als Lebensweisheit mit auf den Weg geben wollte, nur – „bitte, Frau Lehrerin: warum soll ICH buchen suchen, wo doch meine Großeltern in einem Buchenwald ermordet wurden??"

.... Ein wenig später „vergreift" er sich an Günther Jauch, der zu seinem Vater, im Zuge einer Autogrammjägerei, einmal gesagt haben soll: „ ... wir sind neulich mit einem Kreuzfahrtschiff von Papenburg nach Riga gefahren. Kennen Sie Riga? Da müssen sie unbedingt mal hin!" – DAS kam nicht gut, denn: der Vater von Oli kannte Riga „..... den Hafen, die Altstadt...... das KZ...."

auch kommt der gute Oli P. nicht daran vorbei, den „zarten jüdischen Humor", der ein bißchen wie der englische sein soll, „....nur weniger böse, dafür bitterer" zu skizzieren. Er beschreibt, dass in einem guten jüdischen Witz : Selbstkritik, eine Spur Atisemitismus (die selbst dürfen's ja, die sind ja ....), ein Batzen Ironie, eine Schaufel Selbstmitleid und ein HauchWahrheit läge.

DAS sieht dann – im O.P. o-ton - sooo aus: „Warum sind alle jüdischen Männer beschnitten? – weil eine jüdische Frau nichts anfaßt, was nicht um mindestens 20% reduziert wurde"

Schließlich fallen dem lustigen Oli sogar im Puff noch seine selbstironischen Judeng´schichten ein, wenn er schreibt: „…zuerst war da Antje. Sie kam aus Amsterdam und war nicht mehr die jüngste im horizontalen Gewerbe. Vielleicht fühlte ich mich deshalb so beschützt bei ihr, weil sie auch damals schon Juden bei sich Unterschlupf gewährt hatte…"

und weiter: „…. mir saß ja nicht die Gestapo im Nacken, sondern „nur" meine Mutter, obwohl von den Methoden her kein großer Unterschied auszumachen war….."

GESCHWISTER SCHOLL

eine unendlich beeindruckende Geschichte, diese Geschichte der beiden Nationalhelden. Ein Geschwisterpaar, das für seine Überzeugung gestorben ist und - fast Jan Pallach gleich - mit ihrem Tod ein Mahnmal für alle Unterdrückten, der Stimme und Meinung Beraubten, (willfährigen?!) Opfer einer Diktatur, gesetzt hatten.

SIE hatten die schlimmen Zeichen ihrer Zeit erkannt, und fast schon visionär versucht, gegen etwas anzukämpfen, das zumindest himmelschreiend ungerecht war; das Unrecht in einem Unrechtstaat bekämpfend: ein Absurdum, eine Ironie, gar Idiotie?

Nein: ein Zeichen absoluter Überzeugtheit, ein Mahnmal für die Gerechtigkeit, ein Fanal für die Masse der stumm gebliebenen Nazideutschen.

Dabei wollten sie nur Eines: Ihre Mitmenschen davon überzeugen, einem Unrecht ein Ende zu setzen, sinnloses Leiden zu beenden, Wahnsinn in Form von Rassenhass zu stoppen, den „Herrenmenschen" Einhalt zu gebieten. Um schließlich genau DAS zu verhindern, das dann später passierte: Deutschland zur Unnation der Welt werden zu lassen....

Aber: Was war eigentlich ihre Tat? Ihr, wie es damals hieß: „Hochverrat", für den sie mit ihrem Leben bezahlen mussten?

Sie hatten in Flugblattaktionen auf die Greueltaten des Naziregimes hingewiesen; aufgezeigt, dass es zu Deportationen

Unschuldiger kam, Psychiatriepatienten ermordet wurden, da sie für „lebensunwert" gehalten wurden.….

Schließlich hatte der Bruder des Geschwisterpaares, der einen Fronteinsatz als Lazarettarzt erlebte, auf das sinnlose Gemetzel an der Ostfront und auf den, von ihm schon damals (1943) verloren geglaubten Krieg hingewiesen und dessen sofortige Beendigung, wie die Absetzung der damaligen Machthaber gefordert.

Wie wir heute wissen: Tatsachen festgestellt und in visionärer weise genau DAS gefordert, das in nur zwei weiteren Jahren Millionen Menschen das Leben kosten sollte…

Zweifelsfrei ein leuchtendes Vorbild und Beispiel dafür, dass offensichtlich doch Menschen, die es wissen wollten, ganz genau gewusst haben, was Sache war: Dass nämlich die Juden nicht einfach nur „verreist" waren, geistig Behinderte nicht einfach nur einen schöne Fahrt mit dem Bus machten, sondern auf dieser „Himmelfahrt" grausam erstickt wurden u.s.w, u.s.w

Bleibt natürlich nur eine Frage offen: waren DIE BEIDEN Einzelerscheinungen, oder hatten die Geschwister Scholl zumindest Sympathisanten im Geiste, die zumindest ähnlich dachten, wenn sie sich schon nicht trauten, ihr Maul aufzumachen, geschweige denn, für ihre Überzeugung zu kämpfen?!

Oliver Polak tritt in der Scheinbar auf, und wird – (nur) aus Unverstand (?) - beschimpft !

So muß ich´s denn sagen, „liebe" Anna, von der ich – nachwievor – nicht glauben kann, dass Du es bist!
Denn: DAS kann doch nicht wahr sein! Habt Ihr, dämliche Kids, denn gar nichts mitbekommen? Gar nichts „geschnallt", wie´s in Eurer super-dummen, an Einfalt kaum zu überbietenden, tatsächlich unterbelichteten Sprache vielleicht heißen mag?
Ihr, die ihr – offensichtlich, oder vielleicht – genau DAS mit Füssen tretet, das Eure Eltern, oder meinetwegen Großeltern schon soooo „herrlich" mißachteten, verbannten, vernichteten?
Die ANDERE Kultur, den anderen Glauben, das Wissen, die Bildung? Nicht zuletzt die Art, sich über sich selbst lustig zu machen, ohne dabei JEMALS zu vergessen, was niemals zu vergessen ist?
Hast DU denn wirklich NICHT gewußt, WER da vor dir stand?
WER dieser Mensch ist, der doch nichts anderes versucht, als – Generationen nachher – mit dem Unfassbaren, Unverständlichen, Unglaublichen fertigzuwerden, ohne es jemals zu können!
„Ich darf das, ich bin Jude!" – ist nicht etwa das Gebet eines Schwachsinnigen. Nicht die Aussage eines Dummkopfes, der nur etwa „…. halt- und schrankenlos provoziert"!
Es ist die berechtigte Forderung eines Betroffenen, der vielleicht versucht, sein höchstpersönliches Schicksal, vielleicht auch nur irgendwie zu meistern.

Eines Menschen, der genau weiß, dass es solche Hyänen, wie Dich, da draußen noch immer gibt. Und ganz, ganz genau weiß, WO seine Feinde sitzen. Der aber die Größe besitzt, sich genau diesen Unerträglichkeiten zu stellen!

Wenn es einen Sinn machte, würde ich es tun: mich, in Deinem Namen, bei IHM zu entschuldigen!
Ich tue es hiermit: Entschuldige uns, Oliver Polak!
Ich verstehe es, wenn DU diese Entschuldigung auch nicht annehmen kannst…..
Dein: André H.

Anna B. | 26. September 2011 | 0:18 Uhr
Hallo Samira,

es ist mir schon klar, dass er in einer Rolle war, logisch. Und ob er Jude ist oder nicht, ist doch völlig unwichtig. Ich finde einfach, man sollte mit diesen Themen sensibel umgehen, ob als Satire, Groteske oder was auch immer.

Er muss auch damit rechnen, dass seine Show nicht jedermanns Geschmack ist und manche vielleicht empört reagieren. Sie ist doch auf Provokation angelegt. Früher war es üblich, dass die Zuschauer im Theater ihr Gefallen oder ihren Unmut spontan äußerten. Die Scheinbar legt Wert auf einen engen Kontakt zum Publikum, dann sollte doch dafür auch ein gewisser Raum sein.

Ja, meine Reaktion war spontan und unsachlich, ich war

einfach sehr genervt. Ist normalerweise nicht meine Art und es hätte sicher auch genügt zu gehen.

Zumal der Abend gut begonnen hatte und ich verschiedene Auftritte toll und witzig fand.

Bekanntheitsgrad ist übrigens nicht unbedingt ein Kriterium für Qualität.
Wie heißt es so schön: Des Kaisers neue Kleider...
Samira | 25. September 2011 | 22:30 Uhr
An die Dame die sich selber als "Anna B." bezeichnet:

Ich war an dem Abend ebenfalls anwesend und frage mich ob sie eigentlich wissen was Stand up Comedy ist. Nein, wirklich, ganz ehrlich, vielleicht leben sie ja seit Jahren in einem Wiener Keller und sind mit dieser Darbietungsform einer komischen Performance und dem dazugehörigen Protokoll nicht vertraut. Wissen Sie, die Bühne ist eine Metaebene für einen Künstler die ihm als Rahmen für eine stilisierte, realitätsverfremdende, oft überspitzende - heißt auch mit Tabubrüchen arbeitende - Präsentation bietet. Da sie aus dem Theaterbereich kommen, müsste ihnen das vertraut sein. Ernst Busch war im 1954 als Mephisto nicht WIRKLICH der Teufel, wissen Sie, er SPIELTE nur einen.

Allerding: Der Anführungszeichen - Jude - Anführungszeichen bezeichnet sich nicht nur als solcher, sondern - achtung, jetzt kommt eine wahrlich einmalige Pointe - ist auch einer!
Sein Bestseller "Ich bin Jude - ich darf das" (http://www.amazon.de/s/ref=nb_sb_noss?__mk_de_DE=%C5M%C5Z%D5%D1&url=search-alias%3Daps&field-

keywords=oliver+polak), sowie die gleichnamige deutsch-
landweite Lesung und das Programm „Jud-Süß-Sauer" dürf-
ten das wohl belegen. Ansonsten bin ich mir sicher, dass er
ihnen bei seinem nächsten Auftritt sein beschnittenes Glied
gerne zu Überprüfung präsentiert - wenn sie nett dazwischen
rufen.

Sowohl Rezensionen
(http://www.sueddeutsche.de/kultur/portrait-oliver-polak-
zeit-fuer-das-judenspiel-1.407571,
http://www.faz.net/artikel/C30176/im-portraet-comedian-
oliver-polak-lasst-uns-das-judenspiel-spielen-
30085151.html,
http://www.spiegel.de/kultur/gesellschaft/0,1518,585695,00.
html, http://www.stern.de/kultur/kunst/comedian-oliver-
polak-hinterm-holocaust-gehts-weiter-1673520.html,
http://www.taz.de/!24711/,) als auch sein Erfolg beim Publikum könnten einen sogar vermuten lassen, dass sich die
Scheinbar freut Oliver Polak regelmäßig als Comedian be-
grüßen zu dürfen.

Ihr unglaublich fundierter und mitten in die Darbietung ge-
rufener Kommentar "DAS IST SCHEIßE" war an Höflichkeit und Professionalität kaum zu übertreffen. Aber sie haben Recht: Daß der Künstler sie daraufhin fragte was genau
sie denn Scheiße fänden - das war schon so ein bisschen
sehr unprofessionell. Ein professioneller Komiker hätte sie
vermutlich mit dem Mikro beworfen.
(Gerade wenn sie vom Theater kommen, müssten Sie doch
wissen wie despektierlich diese Art des Dazwischenrufens
für die Darbietenden ist. Würden sie das bei einem Stück
auch so machen?)

Eine Frage an das Scheinbar Team: Kann da jeder bei euch Karten kaufen? Jeder dem Programm beiwohnen? Würdet ihr da zum Beispiel einen humorlosen Kretins hinsetzen und dazwischen rufen lassen?
Ich frage deshalb so provokant weil ich das für eine wichtige Frage halte.

Wissen Sie was mich am meisten zum Lachen gebracht? Sie sprechen Polak ab ein Jude zu sein - aber ein pädophiler, menschenverachtender Sexist zu sein, das trauen sie ihm zu.

Vielleicht sind manchmal die Gedanken der Zuschauer gefährlicher als die Künstler selbst.

Viele Grüße, Samira E.
C. | 25. September 2011 | 20:29 Uhr
Für diejenigen, denen es nicht klar sein sollte: es gibt eine Kunstform, die Satire heißt. Sie unterscheidet sich von Comedy, wie auch Comedy sich von Kabarett unterscheidet. Manchmal sind die Grenzen fließend.
Liebe Grüße
Euer C.
Anna B. | 24. September 2011 | 19:22 Uhr
Hallo,

gestern abend war ich seit langem mal wieder in der Scheinbar, mit Freunden, die in Berlin zu Besuch sind.
Die erste Hälfte des Abends haben wir uns sehr amüsiert und waren angetan von den witzigen, originellen, charmanten und zum Teil sehr gekonnten Einlagen... Natascha als Moderatorin war super (sowohl ihr Gesang als auch der Steptanz!), hatte bis dahin wirklich Spaß gemacht.

Nach der Pause kippte leider der Abend und erreichte ein Niveau mehr als unter der Gürtellinie. Der junge Mann, der sich als "Jude" bezeichnete, war schlicht unerträglich. Es kann nicht sein, das jemand, der auf der Bühne einen menschenverachtenden Spruch nach dem anderen abliefert, u.a. zu Kindesmissbrauch und Frauenverachtung, nur auf Effekten des Tabu-Bruchs aus, eine Art Forum bekommt, und sei es für sieben Minuten. Abgesehen davon, dass auch die Form der Darbietung mehr als simpel und hohl war, falls er sich als Anti-Clown präsentieren wollte. Ärgerlich und sehr schade!
Ich konnte diese Person nicht länger ertragen, musste einen Kommentar abgeben (seine Reaktion war übrigens sehr unprofessionell) und an die frische Luft.

Eine Frage an das Scheinbar-Team: Kann alles bei euch gezeigt werden? Jeder ungefilterte Mist, der aus manchen Köpfen entspringt? Könnte z.B. auch ein Neonazi bei euch auftreten und in Comedy-Art seine Sprüche abliefern?
Ich frage deshalb so provokant, weil ich es für eine wichtige Frage halte.
Gibt es da ein Konzept?
Meiner Meinung nach sollten heikle Themen, wenn man sie auf die Bühne bringen möchte, in einer besonderen künstlerischen Form verbunden mit einer kritischen Distanz behandelt werden. In manchen Kabaretts ist das ja der Fall und gelingt dies durchaus.
Ich komme aus dem Theaterbereich und finde es absolut wichtig, sich auch mit solchen Fragestellungen auseinanderzusetzen.

Die Scheinbar an sich ist ein super Ort. Sie sollte ihre Tradition einer kleinen Experimentierbühne unbedingt weiterverfolgen. Und sich trotzdem hoffentlich auch diesen Fragen stellen.

Viele Grüße,

Der Poupst (= Papst) kommt nach Berlin!

Endlich war es soweit, vieldiskutiert, wie dies hier so Landessitte ist, viel be- und noch mehr zerredet; jedenfalls ein bombastischer Auftritt, der so manch einen anderen Medienstar nur vor Neid erblassen hätte lassen müssen: Der Poupst kam nach Berlin. Und das einen Tag vor dem offiziellen Herbstbeginn, der in diesen Breitengraden sowieso schon im so genannten Sommer begonnen hatte.

Sie waren überglücklich, und mächtig stolz, dass ein Deutscher nach Deutschland zurückkehrte, mochte es auch nur für wenige Augenblicke gewesen sein. Ein verdienter Sohn jenes Landes, dass sich in die Geschichtsbücher betont mit Greueltaten eingeschrieben hatte, an denen, natürlich auch, echte Christen teilgenommen hatten. Wie sonst, und über die Jahrhunderte auch. Man denke da nur an die Inquisition, die Kreuzzüge, die „friedlichen" Eroberungen ganzer Kontinente, bei denen nicht nur die Kulturen der Eingeborenen, sondern auch deren Völker zu abertausenden im „christlichen Auftrag" gemeuchelt wurden.

So galt es zunächst wiedereinmal sich die grauenhafte, kurz zurückliegende (Zeit)Geschichte des deutschen Volkes in Erinnerung zu rufen, um dann etwas einzumahnen, das in dieser Härte, oder Dicke zuletzt in den Nürnberger Prozessen thematisiert wurde, soferne man den dazu vorliegenden Verfilmungen (ver)trauen will. Das Urteil über herrschendes Recht, eines – im Nachhinein so bezeichneten – Unrechtsstaates. Soll heißen: das (geltende) Recht einer Demokratie, oder –tur zu verurteilen, weil es, ein halbes Jahrhundert später, als Unrecht empfunden und erkannt wird.

Daraus leiten sich zwangsläufig zwei Fragen ab: erstens: hat man damals – als Rechtshüter – nicht erkannt das DAS Unrecht war? Und zweitens: wieso glaubt man, nachher, immer Alles besser zu wissen?

Zwei Fragen, die auf den vielgeschmähten Nationalsozialismus bezogen, von Vielen (nunmehr schon (richtig?)) beantwortet werden können; bezieht man diese Fragen aber auf das DDR Regime, finden sich sicherlich nicht mehr so viele, die es – nun – eindeutig „besser wissen"; speziell dann nicht, wenn sie aus diesem System kommen, oder darin großgezogen wurden…

So blieb seiner Heiligkeit schließlich in seiner Ermahnungsrede an die gegenwärtigen Machthaber Deutschlands (nur) der geradezu geniale Ausweg offen: der Aufruf, auf die Herzensbildung (mehr/ausschließlich) zu achten. Er nannte das so: „Achtet auf das hörende Herz, das zwischen Recht und Unrecht zu unterscheiden im Stande ist!"

Typisch für diese Zeit, dass dieser Aufruf nicht gehört werden konnte, oder in DIESEM Sinne NICHT verstanden wurde (?!).

Und ich dachte schon, ich hätte den Herrn gesehen! Oder? War´s nun doch „nur" sein Sohn?!

So werden Sie sich nun vielleicht sagen: tja, jetzt spinnt er aber schon wirklich komplett!
Mag ja sein, dass sie so denken, aber: DANNN haben sie es halt einfach noch nicht erfahren, oder besser: ist es ihnen bislang doch noch nicht widerfahren. Dieses einzigartige, unbeschreibliche, übersinnliche Erlebnis: „Dem Herrgott pfeil g´rad in´s Aug´ zu(m) schau(g)n"

Es begann schon recht merkwürdig: Wir fuhren mit unserem guten Oldtimerchen gen Italien, wobei ja schon dieses Unterfangen einem kleinen Wunder gleichkam. Da traf ich Ihn das erste Mal in Gestalt einer kleinen geschnitzten Figur, die Ihn mit dem Herzen darstellte. Ein für mich insofern erfüllter, und freudiger Anblick, als man Ihn EINMAL nicht am Kreuze hängen und leiden sah, sondern einfach fröhlich lächelnd und zufrieden, die Hand am Herzen haltend. Er lächelte und schien mir fröhlich zu zu zwinckern. (man muß dazu sagen, dass er in einer bestimmten Entfernung von mir aufgestellt war, und ich keine Brille trug)

Die zweite Begegnung hatte ich mit Ihm, als ich – schon sichtlich ermattet – den Kreuzkofel nahe der „alta badia", dem Abteital, hinaufstapfte. Da sah ich mich plötzlich von den 12 Kreuzwegstationen umzingelt, die den Weg säumten. In immer schlimmeren Darstellungen wurde das Leiden Christi auf kleinen Halb-Relief-Bildern wiedergegeben.

Durch die Eigenart und Leidenschaft der Darstellungen angeregt, fotografierte ich diese kleinen Bildnisse mehrfach, ohne mir wirklich sicher zu sein, welches davon das größte Leid widerspiegelte.

Als ich mir zu Hause angekommen, die Bilder auf meiner (digital)Kamera ansehen wollte, war kein einziges zu sehen....

Und dann sah ich IHN leibhaftig vor mir. In Gestalt eines querschnittgelähmten jüngeren Mannes, der auf einer Bahre lag. Als einzige Bewegung seines Körpers entkam Ihm gerade einmal ein (un)gewolltes Zucken der Finger seiner verkrümmten Hände. Ich sah Ihn, wie er – dennoch lächelnd und guten Mutes – von Helfern gestützt, seinen Körper in´s Meer gleiten ließ, und sich auf dem Rücken „schwimmend" vom Meerwasser genüßlich umschmeicheln ließ.

 Kaum war da etwas von DEM zu bemerken, der dereinst über das Wasser gegangen war. Aber sehr sehr viel war VON JENEM zu bemerken, der – dem Opferlamm gleich – alle Sünden der Menschheit auf sich geladen hatte…

Emma und Emil

Emma und Emil sind zwei ganz entzückende Wesen, die - vermutlich nicht nur einmal - ein gemeinsames Schicksal teilen durften: einen „wilden Hadscha" in einer wundervollen Gegend. Mag sie auch durch anderer Leute Weingärten geführt haben, und von einem ehemaligen Publikumsschinder, dem bei dieser Gelegenheit seine Schleifermentalität (vielleicht?) einen Streich spielte, geleitet worden sein.

Den beiden jedoch, Hund und Kind, konnten die Attacken nichts anhaben. Sie hatten entweder „ein dickes Fell", oder waren sorgsam, bis bestens von ihren Lieben behütet.
Sie hatten, beide, ihren höchstpersönlichen Schutzengel dabei. Denn, wie fast immer, werden Engel von einem Hofstaat von Schutzengeln umgeben, die akribisch darauf achten, dass ihnen kein Leid widerfährt.
So hatten die beiden auch diesmal Glück. Das Böse gewann keine Macht über sie. Wie auch? Bei dieser ungebrochenen Anmut, und unzerstörbarem Liebreiz der beiden Geschöpfe !
Bis auf meine eigenen Kinder, natürlich, hatte ich bis dahin noch nichts Vergleichbares gesehen, oder erleben dürfen.

So war diese Wanderung – trotz, oder gerade der Imponderabilien wegen - durchaus glücklich und zu jedermanns Genuß:

Es war ein herrlicher, wenn auch in der Mittagszeit deutlich zu heißer, (noch) Sommertag. Die Weingegend in der Südsteiermark war und ist von besonderem Flair. Leicht hügelig angelegt, mit ertragreichem, zumeist tiefschwarzen Boden, der mit seinen allenthalben vorhandenen Weinreben die Sinne verzückt.

Der Vergleich mit der italienischen Toskana, einer ebenfalls sehr bekannten Weingegend Oberitaliens, ist durchaus zulässig, weswegen dieser Landstrich von den Einwohnern gerne als „steirische Toskana" bezeichnet wird. Doch dieses Naturjuwel braucht den Vergleich schon lang nicht mehr, hat sie doch selbst schon Weltruhm erreicht.

So ungeniert manche mit diesem Schatz umgehen, hüten ihn andere wie ihren Augapfel, und sind äußerst darauf bedacht, der Natur nicht mehr abzuverlangen, als sie dem Menschen nicht ohnehin schon im Übermaß freiwillig bietet (ich meine damit die teilweise allzu bombastische Bebauung des teilweise ohnehin schon arg geschundenen Landstriches).

Gott sei Dank gibt es aber noch genug „g´miatliche Platzaln", deretwegen die meisten kommen. Genau deswegen nämlich. Um irgendwo in der herrlichen Natur „a Glaserl zu lüpfen, oder besser: zu zupfen" .

Hier wird dem (nicht nur) regional ansäßigen Spaßmacher, oder Stimmungsaufheller gefrönt, ohne den der Alltag für einige nur allzu grau wäre.

Unabhängig von Alter, Geschlecht und Bildung.

Aber: was stört´s Emma und Emil? DIE haben ja ihre Schutzengel…..

Es gibt auch Briefe, die ich (direkt) schreibe/geschrieben habe ....

Liebe I.! Lieber M.!

Ich weiß ja nicht, ob Euch DAS bekannt vorkommt, aber: es gibt so Dinge, die muß man einfach zu Papier bringen.....
So ging's und geht's mir mit diesem Schreiben.
Ich hab' nun wirklich lange mit meinem Schicksal gehadert, und mir gedacht: Naja, vielleicht finden's die beiden doch nur blöd, einfältig, oder was auch immer (für mich) Verletzendes, wenn ich ihnen DIESEN Vorschlag mache ?!
Nicht zuletzt war ich selber – zunächst – nicht 100 prozentig davon überzeugt, mich einbringen zu wollen, aber: wie immer das so ist vor großen Entscheidungen; man braucht einfach Alternativen, um schlußendlich die richtige Wahl zu treffen.....
Wie Ihr vielleicht wisst, stehe ich – wiedereinmal – vor einer großen Entscheidung; ich bin ziemlich "schwanger", mich noch einmal (?) beruflich zu verändern....
Grundsätzlich denke ich ja an eine unselbständige Beschäftigung; ich nehme an, Ihr wisst,dass ich demnächst in L.... ein Vorstellungsgespräch habe ......
aber: wenn ich so über meinen letzten Besuch bei Euch und die vielen Gespräche, die wir miteinander geführt haben nachdenke, glaube ich nicht daran, dass DAS nur Zufälle waren.
Ich möchte damit keineswegs andeuten, dass ich da irgendjemand eine Absicht unterstelle.

Also, um's auf den Punkt zu bringen: Ich würde Euch gerne, so Ihr das denn wollt, bei „Eurer Eh schon klar - Übernahme" unterstützen ! Ich denke da zunächst an Arbeit, in zweiter Linie auch an eine finanzielle Unterstützung.

Jetzt wäre ich gerne ein Vogerl, und würde gerne Eure Gesichter beim Lesen dieser Zeilen sehen, bzw. hören, was Ihr dazu sagt. So etwa, wie: „….. na DER ist ja total übergeschnappt!" – stelle ich mir zunächst einmal vor.
Ich weiß schon, „….. daß man mit Freunden keine Geschäfte machen sollte, usw. usw.", aber: Euer purer Optimismus bräuchte – nach meiner Meinung – ein bißchen zurückhaltende Erfahrung, Abgeklärtheit, und….. was halt sonst noch zu den Tugenden „des Alters" zählt.
Ich hab´ ja immer wieder versucht, Euch meine Bedenken „vorzutragen", bin aber immer wieder auf tiefes Mißverständnis gestoßen….
So meine ich, dass gerade „dieser Konflikt" und nicht nur DAS eine gute Mischung für eine erfolgreiche Zusammenarbeit wäre.
Ich hab´s dem guten Michi ja schon erzählt: meine Diplomarbeit handelte nicht von irgendwelchen technischen Neuerungen, oder Erfindungen; nein!
Sie trug den Titel: „Lagerkostenreduzierung bei optimaler Lieferbereitschaft" – also ein rein wirtschaftlichen Thema, das ich als Wirtschaftsingenieur in einem Betrieb mit Erfolg umgesetzt habe….

In spannender Erwartung Eurer Entscheidung und weiterer Vorgehensweise verbleibe ich mit lieben Grüßen:
Euer: A.

Just another ……. letter (concerning my good old friend: FUKI,FUKI)

Achtung liebe Leser ! DAS ist die (gestrippte) Widergabe einer e-mail Korrespondenz! Sie müssen den Text von hinten nach vorne lesen! Klar?!

War schön, mit dir „zu plaudern"…..
Passiert mir nicht allzu oft!
Freilich hab´ ich „….. die leichtigkeit des seins" ein wenig eingebüßt, aber: WER hätte das nach diesen erlebnissen nicht??
Tut mir leid, wenn ich dich nun „…. In meine geschichten hineingezogen habe", für die DU natürlich nichts kannst;
Dein „pech" war nur, dass du da warst – „…..und das ist gut so!", denn: du bist mein freund!
Jetzt möcht´ ich´s aber nicht allzu melodramatisch machen, also : pfiat gott, und: dankeschön (für die schöne, neue geschichte)
Ich glaub´ jetzt hab´ich dann bald wieder genug stoff für mein neues (= 5.) buch; jetzt fehlt mir nur noch der titel, dann hau´ich´s raus…
Dein: andre´

****
Heresch & Heresch Umwelt-u.Behördenengineering
Dipl.-Ing. André Heresch
Büro: Berlin, Deutschland

Von: Kindlhofer Wolfgang [mail-
to:Wolfgang.Kindlhofer@verbund.com]
Gesendet: Dienstag, 13. Dezember 2011 15:14
An: DI Andreas Heresch

Deine Zeilen haben mich jetzt etwas nachdenklich
gemacht. Wieso hast Du mir diese Geschichte erzählt,
sie geht mich eigentlich gar nichts an !?
Aber dadurch verstehe ich Dich jetzt mehr, viel mehr.
Das kommt davon, weil immer Deine offensichtliche
„Leichtigkeit des Seins" für mich spürbar war und das
noch immer so ist - und die wollte ich in meiner aktuel-
len Freude gemeinsam verspüren.

Vielleicht sollten wir gemeinsam ein Buch schreiben. -
Ob es dann nicht zu ernst wird…?
Besser wäre es, Du schreibst und ich illustriere ein
paar beschriebene Inhalte dazu. Das könnte klappen.
Also, ich freue mich schon auf unsere „Buchbespre-
chung" – ohne Marcel Reich-Ranicki und Hellmuth
Karasek.

Nicht zur Sprache bringen werde ich die vermeintlich
schlechten Fahreigenschaften des SL-„Sportwagens"
…… das Auto ist nur zum Cruisen im Sommer gedacht …. so in der Südsteirischen Toskana und ähnliche Gegenden….
Na ja, so ein Gegenstand ist halt auch nur eine seeli-
sche Krücke.
Eigentlich war`s ja ein Trotzkauf, dieses Auto. Aber
das erzähle ich Dir – wenn Du da bist.

Ich danke Dir : Wolfgang

Ja, tut mir ebenfalls sehr leid, aber wie ich C. die photos
gezeigt habe, hatten wir ein ganz, ganz langes gespräch…..
Sie ist (natürlich) traumatisiert; der unfall ist 1981 passiert,
als sie gerade mal 9 jahre alt war;
Ihre mutter ist ja auch ein baujahr 1954; vor kurzem hatte
sie „ihre gleichenfeier"; soll heißen: sie war 54 jahre alt geworden; davon hatte sie 27 jahre mit, und 27 jahre ohne beine verlebt (genau die (beine) hat sie nämlich beim unfall in
genau diesem „traumauto" verloren….

Sei mir deshalb NICHT gram, oder böse, wenn ich mich
nicht mit dir freuen kann; nicht über dieses auto, das optisch
wirklich 1A ist, aber: wirklich nur optisch, meiner überzeugung nach; ich hatte dir ja schon damals, als du mich gebe-
ten hattest, einen wagen dieses typs anzuschauen, geschrieben, dass ich das fahrzeug aus eigener wahrnehmung kenne;
der vater meiner damaligen freundin hatte diesen wagen,
und ich durfte damit fahren; MIR hatte die einmalige aus-
fahrt – bei winterlichen bedingungen – zum wiener flughafen gereicht….
Der (damalige) papa war ein gewisser hans marko; elektro-
großhändler in graz…..   (wieder eine geschichte, die das
leben schrieb)

Nochmals: liebe grüße (auch an das söhnchen!
****
Heresch & Heresch Umwelt-u.Behördenengineering
Dipl.-Ing. André Heresch

Von: Kindlhofer Wolfgang [mail-to:Wolfgang.Kindlhofer@verbund.com]
Gesendet: Dienstag, 13. Dezember 2011 13:29
An: DI Andreas Heresch
Betreff: AW: mb 280sl

Also zum namen: Wo.Ki. sind natürlich die initialen; DEI-NE initialen…. (sowie WOlfgang Kindlhofer)

Daraus machte die liebe tante berschi, die dich sogerne als tanzpartner (miß)brauchte kurzer hand „wuki,wuki!"

Der FUKI,FUKI ist meine version, um den nicht-total-insider ein wenig zu verwirren; sollte ganz am rande auch ein wenig anzüglich sein; aber: NÄHERES erfährst du, wenn du die geschichte liest; es ist DEINE lebensgeschich-te; natürlich von außen betrachtet, und: von mir betrach-tet….
Ich will, und wollte „…. mit niemandem abrechnen.."; das ist mir einfach zuuu banal; zudem bin ich nicht der graf von monte christo, oder ein später abkömmling von ihm!

Ich habe nur DAS gemacht, das viele und durchaus namhaf-tere autoren, wie letztlich auch thomas bernhard gemacht haben: den leuten einen spiegel vor die augen gehalten; mag ja sein, dass DAS manchmal schmerzlich erscheint, aber…. (so ist das leben)

Am rande der großstadt erscheinen die dinge, die da in der kleinstadt passieren „…so nichtig, und fürchterlich klein" (wie einst reinhard may gesungen hat), dass ich immer wie-der, und immer mehr darüber lachen muß!

So setze ich mich einfach irgendwohin und hör´ mir die
g´schichterln an, die man soo erzählt;
Ob das nun in einem tschecherl, in der berliner s-bahn, am
flughafen, oder in der öbb, oder der deutschen bahn
ist….oder: gar in graz
Ich erfinde (fast) nichts, da die dinge für sich ja schon soooo
fürchterlich skurril sind!

Zum auto: nur kurz: ich hab´s dir ja schon einmal angedeu-
tet, warum genau dieses fahrzeug, in genau dieser farblichen
zusammensetzung für mich „einfach besetzt" ist : es hat
jemand zum leben verurteilt, der es vielleicht nicht mehr
wollte; kaum aber in dieser form: meine schwiegermutter

Trotzdem, oder gerade deswegen : liebe grüße: andre´
p.s.: ich komme wieder, immer mal wieder

****
Heresch & Heresch Umwelt-u.Behördenengineering
Dipl.-Ing. André Heresch
Büro: Berlin, Deutschland
D-14482 Potsdam, Karl-Marx-Str.58
email: andreas@heresch.com
****

Ja, ich habe Deine INFO bekommen und habe die Postkarte neben meinem PC daheim liegen. Ich habe auch immer vor gehabt, das Buch zu erwerben, aber es nicht über Amazon versucht (ich bin noch immer nicht registriert) ! Im Buchhandel habe ich es nicht entdeckt. Ich werde mir das Buch zu Weihnachten schenken lassen, zumal es auch von uns handeln soll.. ?! – Es sind hoffentlich positive Spuren. Es spricht nicht für uns, wenn wir in unserem Alter bereits von Erinnerungen leben….

Du, …den Fuki, Fuki hat`s in der Form nicht gegeben. „Der" ist aus einer anderen Bedeutung entstanden. Ich war (zumindest ursprünglich) der Woki, Woki, so glaube ich, was sich aus der Aneinanderreihung meiner Anfangsbuchstaben meines Vor- und Zunamens ergibt. Wo../ Ki.., nicht ?
Ich bin schon neugierig, ob ich einigermaßen positiv davon komme. Du hast in Deinem ersten Buch einige Wegbegleiter recht angegriffen, natürlich ohne Namen zu nennen. Aber teilweise habe ich mich ausgekannt, ohne wirklich Einblick hinter Deine Kulissen gehabt zu haben. So war es doch ?

Was meinst Du mit „akkurat dieses Auto, in dieser Ausstattung" ? – Es kommt bei Dir nicht wirklich positiv an. Beim Namen genannt, Du bist schockiert…

Meinst Du die Automatik, die Farbe (nicht wirklich meine Lieblingsfarbe, aber sie kontrastiert dennoch gut)? Ich habe Deine Reaktion (kurzer Kommentar) geahnt. Aber Mercedes fahren hast Du mittlerweile auch als positiv schätzen gelernt, - nicht ?
Dieses Fahren hat doch etwas, auch wenn wir – DU zumindest- dem nachgesagten Fahrertypus nicht wirklich entsprechen.

Na ja, es gibt wirklich wichtigere Themen, aber das Auto ist halt ein emotionaler Bestandteil unseres männlichen Egos.........?!

Ich hoffe, Du bist wieder einmal in Graz und sagst es mir früh genug.
Also bis bald

Wolfgang

Von: DI Andreas Heresch [mailto:andreas@heresch.com]
Gesendet: Montag, 12. Dezember 2011 20:41
An: Kindlhofer Wolfgang
Betreff: AW: mb 280sl

Post skriptum: viel, viel spannender ist natürlich noch die
geschichte: „ sehr geehrter Herr Indischinöhr, lieber Fuki,
Fuki (Brief an einen nicht verschollenen Freund aus frühe-
ren Tagen)"…….
Ebenfalls in dem vorangeführten büchlein abgedruckt!
Also: schnellan den keimbjuda, und: BESTELLEN!
Nochmals liebe grüße!
Dein: andre´

****
Dipl.-Ing. André Heresch
Büro: Berlin/ Potsdam, Karl-Marx-Str.
****
Von: DI Andreas Heresch [mailto:andreas@heresch.com]
Gesendet: Montag, 12. Dezember 2011 20:24
An:'
Betreff: AW

Also DA bleibt mir nun wirklich die spucke weg!
Akkurat DIESES auto, in dieser ausstattung……
Tja! Ich bin platt!

Sprechen wir besser über etwas anderes: jetzt ist ja wieder
weihnachten, die „ruhige", die „besinnliche" zeit:
DA hätt´ ich einen geschenktipp: wie wär´s mit einem guten
buch??

ich hab´ dir da mal eine postkarte geschickt; kannst du dich
noch erinnern?

Hast du dieses büchlein schon erworben?

Es stehen da ein paar rührende geschichten drinn´, die uns –
dich und mich – betreffen.....
Das büchlein heißt: „just another ch…." (soll ausgeschrie-
ben: „challenge" heißen); die geschichte dabei heißt: „eine
schöne, einfühlsame Zwei-Freunde-Korrespondenz".....
Würd´ mich wirklich freuen, wenn du dir´s zulegtest, und
wir uns dann einmal darüber unterhalten können!

…. Es zahlt sich aus!

Du kannst es über „amazon" erwerben; mein „pseudonym"
ist : andre´ heresch

Also: einfach losgooglen!
l.g.: andre´

****
Heresch & H
André Heresch
Büro: B. P., Karl-Marx: www.heresch.com
****

Von: Kindlhofer Wolfgang [mail-to:Wolfgang.Kindlhofer@verbund.com]
Gesendet: Montag, 12. Dezember 2011 18:00
An: DI Andreas Heresch
Betreff: AW: mb 280sl, 350sl suche

Lieber Andre`!

Na ja, Thema erfolgreich abgeschlossen.....

Ich dachte, Dich darüber zu informieren trifft Dich etwas ins Herz, - zum einen wegen des negativen Zusammenhanges und andererseits Deiner Porsche-Affinität wegen.
Ich weiß, Porsche wäre vielleicht „sinnvoller" gewesen, bezüglich …………

Ach, ja: ich vergaß:
Blah blah lah……?

Mein neuer ist ein 280 SL der Baureihe R107, Baujahr 4/1982, im 2. Besitz (1.Schweiz, Lago Maggiore, 26J. und 2. Liechtenstein, Vaduz), Autom…………atik, 88.000 Original-km, Scheckheft…………
Der 107er hat den Vorteil …………………einer erst kurzen „liebhaberischen" Entdeckung …………und einer entsprechend kurzen …………reiberei …..in Cabrio.
Auch fasziniert mich seine perfekte Verarbeitung und Masse (Türenklang) und 2 Dutzend Laufmeter Chrom……………….

Ach, ja: ich vergaß:

Blah blah lah......?

Ich höre Deine Worte schon – „au weija, Bj.1982, ein
alter Gebrauchtwagen, kein Oldi also, importiert aus
einem nicht EU-Land". Mehr Hürden gibt es nicht...
Deine einstigen Worte..."als Blumenkisterl kannst ihn
verwenden."
Nein, dem ist nicht so.

Ich habe den Wagen „hier" gekauft..............
..............In der „Oldtimer-Liste für historische Fahr-
zeuge" wird mein SL auch geführt und somit ist kein
teures Abgasgutachten für ein Nicht-EU-Auto erforder-
lich und zu bestehen................ Typisierungsmodali-
täten in der Petrifelderstraße sind auch abgeklärt.
Das Ganze hat mich einige Nerven gekostet,
................da ich ad hoc für den Import aus einem
Nicht-EU-Land nicht gut vorbereitet war. Der Kauf war
nämlich eine sehr kurzfristige Gelegenheit.

Ach, ja: ich vergaß:
Blah blah lah......?

Für gute Ware ....als 600 km lagen dazwischen.
Ich wollte die Anbieter in D. ....meines
hohen Interesses. Aber ich hatte erst am folgenden
Wochenende Zeit ....000.- € hätte sich
der Preis bis ....zur Straßen-
zu..............lbst das Österreichische Preisniveau ge-
sprengt und die Marktpreise sind ....höher
als sonst wo. Außerdem wäre es zu einem kaufmänni-
schen Blödsinn geworde....................n, selbst wenn

die Typisierung keine Probleme bereitet hätte. So bin
i.........................sehr gut unter dem Marktpreis.
Und wer weiß, wie sich dieser noch entwickelt.
Anfang April kommt er ....d dann erst kommt
wirklich Freude auf.
Ich sorge ....ie richtigen Einlagerungsaktivi-
täten, damit keine Zu...................hlechterung eintritt.
Auch ein angemeldeter Fahrbetrieb zu einer Werkstatt
u.ä. ist fallweise möglich.

Nun noch ein paar Bilder ....
er SL kommt diesem aber nahe und das zusätzliche
Plus ist das großartige Barocke, das Chrom und der
großzügige Umgang mit materiellen Ressourcen. Der
Letzte seiner Zunft....Also nun genug davon,
ich denke oft anachten feiern und das Jahr zu Ende
geht, wünsche ich Dir im besonderen unetzt schon
alles, alles Gute.
Mach`s gut,

Dein
Wolfgang

Von: DI Andreas Heresch [mailto:andreas@heresch.com]
Gesendet: Sonntag, 11. Dezember 2011 09:56
An: Kindlhofer Wolfgang
Betreff: mb 280sl, 350sl suche

Hallo wolfgang!
Wie sieht´s nun eigentlich mit deiner mb-cabrio suche aus,
mein alter?
Ist dieses projekt noch aktuell??
Hätte da ein paar feine kisten an der hand.....!
l.g.: andré

WER eine Reise macht, kann was erzählen,

oder: zuuuviele Eindrücke können auch ver-
wirren

*so weiß ich nun gar nicht, so wirklich gar nicht, wo ich an-
fangen soll: mit der Reise nach Steyr, der Bahnfahrt über
den Phyrn-paß, den Ritt über den winterlichen Präbichl,
oder das frostige Eisenerz, oder: die amüsante Fahrt über
den Semmering; oder hätte ich da nicht auch gleich die
Anekdote von dem Super-Mario-Sherriff auch noch mit ein-
blenden sollen. Nicht das ich's vergeß', aber: da gab's doch
noch den nicht alltäglichen Auftritt beim Klausi Krüger,
damals am Abend in Steyr-Gleink....?!*

Amüsant war die Alpenüberquerung mit der „daggern Bu-
desbahn", wie einst vom guten Qualtinger besungen. Eine
absolut anachronistische Reise über eine von Carl Ritter
von Ghega in der Monarchie angelegte Eisenbahnstrecke,
die heute noch unzählige Passagiere eine gute halbe Stunde
mehr an Reisezeit als unbedingt notwendig kostet, aber: wir
haben's ja : die Zeit.

So saß ich in einem völlig überfüllten achten Dezember Zug
am Weg von Graz nach Wien. Die Skurrilität begann schon
damit, dass gut die Hälfte der Waggons, die dieser Zug hatte, versperrt mitgeführt wurden. Vermutlich, um den Rei-
senden genau den Eindruck zu vermitteln, es sei, was es
dann auch war, einfach (zu) wenig Platz für soo viele Menschen auf dieser Welt.

So durfte auch ich mich in ein fast volles Abteil drücken, und hatte meine liebe Not, die Koffer hochzuwuchten, sowie mein sonstiges Gepack, bestehend aus großer Zeitung (die Zeit), Sakko, Mantel, Trolli 1 und Koffer 2, irrgendwie unterzubringen…

Schon das splitten der Zeitung in einen gelesenen und einen ungelesenen Teil brachte ein kleines Problem: ein später zugestiegener Fahrgast meinte, er könne sich der, vermeintlich, herrenlosen Zeitung lesend bedienen. Nur mein vehementes Einschränken auf den bereits gelesenen Teil konnte gerade noch „das Schlimmste verhindern".

Aber dann begann das berühmte, endlos erscheinende Palawer zwischen den Mitreisenden Frauen der Marke: undefiniert unhübsche, aus dem Leim gegangene Quasseltante, mit Hang zur (übertriebenen) Selbstbemitleider(in).

Die vermeintlich junge, die der wirklich alten zuhören durfte, oder mußte und deren Redeschwall nur gelegentlich mit: „No, wirklich!", oder : „geh, schau", oder: „jeischaßnah!" unterbrach, wenn man in diesem Zusammenhang denn überhaupt von einer solchen (Unterbrechung) sprechen konnte.

So kam es denn zu dem absolut unvermeidbaren Zuhören. Da war von einem Maurer die Rede, der der leitenden (?) OP-Schwester eines Tages bei dessen Vorstellunggespräch schon unangenehm auffiel. Als er sich – offensichtlich bei ihr – vorstellte, wurde er befragt, warum er denn nun in den Krankenhausdienst wechseln wolle. Drauf hätte der Unglücksknabe geantwortet: „No, weil's bei Euch immer so schön warm ist, und man doch net sooo viel zu tun hat!"

Daß dies die immer treue und redliche Schwester auch noch nach 20 Jahren echauffieren konnte war ja schon fast nachvollziehbar; speziell aber dann, wenn man die gute Seele aus der Nähe betrachtete.
Ihr einziges Problem dabei war, dass der ehemalige Maurer irgendwann zum Chef avoncierte und ihr die mehrfach erteilten Einstiegslektionen nicht vergessen hatte. Solange nicht, bis er sie endgültig hinaus geeckelt hatte…

Tja , ma kennt doch die G'schicht von der zunächst übermächtigen, gar sooo g'scheiten Schwester, die den jungen, unerfahrenen Universitätsabgänger NUR drangsaliert, und dieser wahrlich blutig zunächst einmal sein Handwerk erlernen muß. Dass DER dann, wenn er an der Macht ist, vielleicht einmal auch seine Muskeln spielen läßt, liegt fast schon in der Natur der Sache.

Schließlich hat sie's dann noch vier Jahre mit dem rüpeligen Maurer, als Universitätsprofessor am Grazer Klinikum verkleidet, ausgehalten.

Aber auch privat dürfte es der resoluten Dame nicht leicht gefallen sein, sich ärztlicher Autorität unterzuordnen:

als sie einmal mit ihrem (leicht) bissigen Hund zum Tierarzt kam, soll dieser vorgeschlagen haben, A Dackn (=eine Decke) auf das arme Vieh zu werfen. Dies sollte wohl den unvermeidlichen Biss verhindern helfen. Als sich das gequälte Tier dann aus dem Deckengefängnis befreite, wurde

der Arzt natürlich gleich gebissen; worauf die resolute
Krankenschwester meinte : „No, deis hätt′ I eana oba ah glei
soug′n meig′n, Herr Doukta!"

Bei einem weiteren Tierarzt mit dem gleichen Hund, hätte
dieser gleich die doppelte Gaasch (= das 2 fache Honorar)
haben wollen, da „….der Biss extra koust!"

Schließlich hatte die Gute das Vertrauen in die lokalen
Viechbader (=Tierärzte) endgültig verloren, als sie mit dem
wieder gleichen, bissigen Hündchen abermals einen Doktor
vet. med. besuchte; dieser wollte, zur Problemvermeidung
dem Hündchen eine halbe Pferdespritze (zum Sedieren)
verabreichen….

NUN: DIE G′SCHICHT VON STEYR :
(ein e-mail Schreiben an einen Bekannten)

Lieber erwin!

Tut mir leid, aber die „österreich-tour" war wieder einmal
einfach viel zu hektisch; es endete schließlich damit, dass
ich am Donnerstag zurückkam und dann nach einem 14
stündigen schlaf den ganzen Freitag völlig k.o., vergrippt,
oder was auch immer im bett gelegen bin…. Nun hat mich
das leben wieder

Vielleicht kurz zu dem spannendsten, dem montag abend in
steyr :
Es war tatsächlich abend (19 uhr) als mein termin begann;
trotz meiner versuche, vielleicht etwas früher zu starten, war

da wenig zu machen; nicht ganz perfekt war vielleicht auch, dass ich am selben tag angereist bin…

Das gespräch, an dem dann der firmenchef selber teilnahm war wirklich äußerst interessant, irgendwie wurde mein gefühl auch bestätigt, dort nicht als unbekannter aufzutreten; Da war einerseits das vormalige EU_projekt, aus dem dann die diss wurde, bei dem ich einem damaligen projekt partner begegnete , der nur ein haus weiter vorne (im gleichen industriepark) sein büro hatte…. (ob DAS nun ein zufall war?)

Jedenfalls schien der „big boss" von meiner arbeit gänzlich elektrisiert gewesen zu sein, hat brav mitnotiert, und schließlich gefragt, ob er die arbeit kaufen könne!

Ich war einigermaßen baff…

Dann ging´s noch um mögliche kooperationen in deutschland, die jedoch erst später schlagend werden sollen; Schließlich wollte er bei seinem nächsten deutschland besuch mal schnell auch in berlin vorbeischauen (was immer das dann im detail bedeuten wird)

Auf den job angesprochen, teilte er mir mit, dass ich ihm dafür zu schade wäre, da es sich dabei um einen echten knochenjob handle;

Da ich, als ich um ca. 21 uhr das büro verließ, immer noch arbeitende mitarbeiter sah, schenkte ich seinen worten glauben…..

Wenn DAS unsere beamten-freunde wüßten, die von burn-out, oder überlastung sprechen!

Ein ehemaliger Zeitreisender berichtet von einer besseren (?) Zeit

Irgendwann musste es zum crash kommen. Musste? Wirklich?

Wie schon einmal, wiederfuhr es mir auch diesmal (wieder). Ein Zeitreisender, also jemand, der einen Stück meines Lebensweges geteilt hatte, begann sich zu verabschieden. So Stück für Stück, oder: peu à peu; letztlich natürlich brutal, und ohne erkennbare Vorwarnung.

Für mich zumindest. Ich hatte – wieder einmal – nicht erkannt, wann sich die Loslösung abzeichnete. Nicht wahrgenommen, wodurch es zur unumkehrlichen Abspaltung gekommen war, geschweige denn: warum.

Ich war nur irgendwann einmal - zum zweiten Mal - das schon sprichwörtliche Opfer der Volkswut geworden.
Es war beinah´ so, wie in Samuel Becket´s Klassiker: „das Warten auf Godot".

Zum Schluß war ich mir schon selbst nicht mehr sicher, ob ICH nicht irgendetwas falsch gemacht hatte, den Ort, oder den Zeitpunkt verwechselte, zu, oder an dem wir uns treffen wollten.
So hatte ich meine Österreichreise extra noch um einen Tag verlängert, um ja genug Zeit für den Freund, und unser Treffen zu haben.
Auch das Quartier hatte ich nicht vorbestellt, um ja ausreichend – örtlich und zeitlich - flexibel zu sein.

Und dann, einen Tag vor meiner Abreise erhielt ich die schriftliche Absage, via e-mail. Immerhin! „.... habe mich entschlossen, das schöne Wetter auszunutzen, um mit meiner Familie fortzufahren....", hieß es kurz und knapp im Text.

Der Witz dabei: es war Anfang der Woche, und weit, ja sehr weit entfernt von irgendwelchen Feiertagen. Auch die, sonst berufstätige, Frau Gemahlin muß ganz kurzfristig frei bekommen haben....

Wie ich dann von dem nicht zu Stande gekommenen Treffpunkt „nach Hause" fuhr, ohne noch zu wissen, wo denn das an diesem Tag genau sein sollte, entdeckte ich, dass ich von seinem Wohnort nur ein paar Augenschläge entfernt war. Ich vermutete ihn unmittelbar in der Nachbargemeinde. Manchmal hat man so einen sechsten Sinn.

Wieder zurück bei meinen Lieben, und gute 1200 km „vom Treffpunkt" entfernt, hatte ich (doch noch) das Bedürfnis, mir eine Erklärung für das Unerklärliche zu holen.

Ich bat ihn, ebenfalls schriftlich, um eine Erklärung, von der ich mutmaßte, er sei sie mir schuldig. Schuldig zu sein, traf ihn, als Juristen offensichtlich in der Achillesverse. Er sei mir gar nichts schuldig, schon gar keine (vernünftige) Erklärung. Die unvernünftige habe er ja schließlich schon abgegeben....

Würde ich´s verstehen, müsste ich es vermutlich nicht, wie jetzt, zu Papier bringen.
Aber: ich weiß es einfach nicht.

Ich kann nur Mutmaßungen anstellen, und, wie eben erfolgt, einen Brief in die vergangene Zukunft schicken, in der Hoffnung, die Antwort doch irgendwann einmal, auf welchem Weg auch immer, zu erhalten.

Denn: wie heißt es so schön bei meinem Freund, Albert Einstein: „… Zeit ist relativ, und nur das, was man an den Zeigern der Uhr ablesen kann, wenn sie verstrichen ist!"

So ist manchmal die Unterhaltung mit Verstorbenen einfacher, da man glaubt, aus ihren Aufzeichnungen eindeutige Erkenntnisse zu gewinnen. Mag die Eindeutigkeit davon auch nur darin bestehen, dass sie von keinem weiteren Tun oder Handeln desselben aktiv derogiert werden kann.

Wer will, kann mich verstehen. Sonst bitte ich um eine aktive Nachfrage! Ich erhalte die Antwort! …. wann auch immer Sie Ihre Frage dazu stellen (werden)

PID präpartale Implantations Diagnostik, oder der umstrittene Weg, der Vorsehung in´s Handwerk zu pfuschen

Es war eine „Hart aber fair"-Diskussion, die die Gemüter erhitzte. Wieder einmal. Die Kernfrage war, ob Embryonen bereits eine Form menschlichen Lebens darstellen, über deren Sein oder Nichtsein „der Mensch" entscheiden dürfe….
…..und, ob nun der obzitierte Mensch in weiterer Folge auch über Gendefekte richten dürfe, in dem er nurmehr dem lebenswerten Leben das Recht zu Leben gewährte. Ein gedanklicher Ansatz, der – weitergedacht - bald zur Frage nach dem „Designerbaby" führen könnte: Dem bereits einmal artikulierten Wunsch einer ganzen Rasse nach dem blonden, blauäugigen, hochgewachsenen „Idealmenschen" zum Beispiel.
Eine sicher wesentliche Frage ergab sich quasi von selber: hat „Frau" ein Anrecht auf ein gesundes Kind? Darf in dieses „Grundrecht der Frau" der Staat eingreifen? Genau jener Staat, der – in begründeten Einzelfällen (wie´s sooo schön heißt) – genau der gleichen Frau gestattet, ein mißgebildetes Kind bis einen Tag vor der Geburt (!) abzutreiben….. wie auch genau jener (deutsche) Staat Abtreibungen aller Art bis zur 12. Schwangerschaftswoche straffrei gestellt hat.

Natürlich musste der Kirchenfürst, dem ja – per definitionem – Alles heilig ist, dagegen sein. Denn, so das Argument, handle es sich bereits bei den oben genannten Embryonen um menschliches Leben, über das kein Mensch verfügen, gar es töten darf, sei es nun lang, um eine ggf. lebenslängliche Katastrophe zu verhindern, oder auch nicht. Natürlich musste auch hier der Behindertenfürsprecher das Wort bergreifen, der von der wunderbaren Artenvielfalt der (menschlichen) Natur spricht, die dann verderblich schmal eingeschränkt würde und meint, dass Behinderte, die z.B.: an dem „down-Syndrom" leiden, ein deutlich größeres Sensorium hätten, und über eine wesentlich besser ausgeprägte Gefühlswelt verfügten.

Der Wendeverlierer , ein Mann namens Mirko Weih

Immerschon hat uns, als Ösis, ein Phänomen begeistert: der (ehemalige) Osten Deutschlands, die sogenannte deutsche demokratische Republik, die in den Köpfen der ehemaligen Bewohner nun tatsächlich DAS geblieben zu sein scheint, was sie – aus unserer „Erinnerung" – niemals war: eine demokratische Republik, also ein Staatsgebilde, in dem das Volk $(= \delta \varepsilon \mu o \sigma)$ herrschte $(= \kappa \rho \alpha \tau \varepsilon \iota \nu)$

Uns, Wessis, wurde vielmehr „klargemacht", dass „im ehemaligen Osten" ein böser Schurkenstaat russischer Prägung existiert haben solle, der von den Handlangern der damaligen Sowjetrepublik alles andere als demokratisch geleitet worden wäre, sondern vielmehr diktatorisch beherrscht wurde. Ein Staat also, in dem alle Bürger, ohne Unterschied, ausgebeutet, willenlos gemacht, oder gar versklavt wurden. Ein Staat, der seinen Bürgern nichts wie Schlechtes bescherte. Da hätte man nirgendwo hinfahren, oder sich frei aufhalten dürfen. Hätte nichts zu fressen gehabt, ärmlich gehaust u.s.w., u.s.w.

Man hätte sein Maul nicht (ungestraft) aufmachen dürfen, sei politisch kalt gestellt gewesen, jedenfalls Opfer einer nicht näher bezeichneten, aber als grausam dargestellten, russischen Fremdherrschaft gewesen.
Diese „fürchterlichen" Dinge, die da passiert sein sollen, wurden auch gekonnt verfilmt und in zahllosen Büchern

beschrieben. Die ausgebeuteten, wider Willen festgehaltenen DDR-Bürger, die aller ihrer Rechte beraubt worden waren, wurden als eigentliche Kriegsverlierer bezeichnet, oder galten in der öffentlichen (westlichen) Meinung zumindest als solche.

Fast ein halber Jahrhundert lang wurde uns von unseren Altvorderen vorgesungen, wie schön es doch wäre, wenigstens noch einmal nach Warnemünde, Peenemünde, Rostock, oder an welch gutklingende Destinationen Ostpreußens auch immer, fahren zu können/zu dürfen.
Allein: dieser Zugang wurde durch den eisernen Vorhang verwehrt.
Zu sehr saß auch der Schreck der russischen Besatzer der Generation meiner Eltern noch in den Gliedern, die sowieso „permanent vor der Tür standen", und „nur darauf warteten", endlich wieder einzumarschieren, um endlich die kommunistische Weltherrschaft anzutreten.
Zu sehr wurden diese Zeitzeugen (noch) von den Vorstellungen, oder Erinnerungen an Deportationen, Plünderungen, und Vergewaltigungen gequält; kurz zusammengefasst: Gräueltaten, die man fast ausschließlich den Russen zuschrieb.
Den BÖSEN Russen

Es war irgendwann in den 1970ern, als mein Bruder auf eine junge Frau traf, die als „russophil" galt, und der daher – in Österreich – mit einigermaßem großen Mißtrauen begegnet wurde, nur weil sie von der russischen Volksseele und vom Zarenreich derart angetan war. Dieser Faszination widmete sie beinahe ihr ganzes Leben.

Sie war elterlicherseits halb Österreicherin und halb Deutsche. Als gute Alt-Österreicherin floß teilweise slawisches Blut in ihren Adern. Ein Aspekt der ihr aber in den Augen der anderen aber keinesfalls die notwendige Entschuldigung für ihr „russophiles Fehlverhalten" liefern konnte.

Fast wie von einem Wahn befallen, hatte sie die größte Mühe fast unentwegt zu erklären, dass
die russische Revolution (genannt: Oktoberrevolution), die das ach so glorreichen Zarenreich zu Fall brachte, ausschließlich durch deutsche Unterstützung ermöglicht wurde.

Sei dies nun durch die enormen finanziellen Zuwendungen der Deutschen an die Bolschewiken, sei es durch den zugelassenen, oder geduldeten Transport DES Revolutionärs durch deutsche Lande, im Vorfeld dieser Revolution erfolgt.

In unserem (Ösi)Land war immer der Ruß´ der böse. Schon Karl Kraus hatte für dieses Volk nichts Gutes übrig: „jedem Ruß´ an Schuß!" hieß es so „liebevoll" beschrieben in seinen „letzten Tagen der Menschheit".

Mit umso größerer Genugtuung und Freude wurde in der westlichen Welt die Perestroika gefeiert, die nicht nur Michail Gorbatschow unsterblich machte…sondern natürlich auch DEN Ex-Westernhelden in Gestalt seines amerikanischen Gegenparts : Ronald Reagan.

Die daraus resultierende Folgewirkung, der Mauerfall war DAS Jahrhundertereignis. Für Ost UND West. Es gab nur Sieger.

Ich sehe die Freudentränen in den Augen hüben und drüben der gefallenen Mauer, sich noch heute zu einem breiten, reißenden Strom entwickeln.

Man könnte nun meinen, dass dieser Strom auch heute noch in seiner ganzen, epischen Breite strömt. Aber: NEIN

Knapp zwanzig Jahre danach ist von diesem Strom nichts mehr vorhanden; die ehemaligen Ossis sehen sich nunmehr als Wendeverlierer, und trauern der guten, alten DDR Zeit nach, in der – im Rückblick betrachtet – einfach alles nur gut war.

Von kommunistischer Diktatur ist keine Rede mehr; von Zensur, eingeschränkter Rede- und Pressefreiheit, sowie von unzähligen Verstößen gegen die Grund- und Menschenrechte ist nichts im Gedächtnis haften geblieben.

Es geht hierzulande nurmehr darum, dem seinerzeitigen Befreier zu danken und diesem ein ehrenvolles Angedenken zu bewahren. Ihm, dem es gelang das geschundene Volk aus den Fängen der nationalsozialistischen Diktatur zu befreien: Dem Russen.

So könnte man resümierend (fast) zur Ansicht gelangen, dass die Nachrichten, die zur Zeit des kalten Krieges im Westen über den Osten verbreitet wurden, nichts als infame Lügen waren, und wir Wessis einem folgenschweren Irrtum aufgesessen sind.?!

My way, eine Legende musste gehen

Ich werde das Bild, glaube ich, lange nicht vergessen können. Der letzte Landesfürst der Sankt Eiermark, von allen liebevoll nur Moooschi genannt, muß nach einer sehr schweren Wahlschlappe, die politische Bühne verlassen. Er verlässt sie, nach unzähligen Interviews, in denen er ganz freimütig und für ihn ungewohnt, die Schuld einzig und allein auf sich nahm und SEINE Fehler zugab. Er tritt noch am gleichen Tag zurück. und dabei, man sieht ihn von der Kamera weg gehen und damit aus dem Rampenlicht treten, spielt der TeppDeEf, unser lokaler Fernsehsender mein, bis dahin ungekröntes und unangekratztes, Lieblingslied:„ *I did it my way* ". Der „final curtain" – in diesem Fall der letzte Vorhang im Bühnestück - des Moschi Ka. war gefallen. Ich fand es von übermäßigem Sarkasmus gekennzeichnet, irrwitzig überzeichnet und einfach letztklassig; muß für ihn auch irrsinnig verletzend gewesen sein.

Er war seit damals nie wieder auf der Bühne, nicht EINmal. Hatte keine politischen Funktionen mehr übernommen, nicht ein Altersplatzerl, oder politischen Versorgungsposten über- oder angenommen. So war ER. Ein Mann mit wirklichem Rückgrat und echtem Stehvermögen, ein Mann mit Charakter, wie sie ihn die Oh-Je-OhJe-Partei nie mehr, oder soo schnell nicht mehr wieder finden wird…..

Er war ein kluger Kopf, ein brillanter Rhetoriker, fast schon einem Cicero gleich, aber: er herrschte mit eiserner Faust. Fast 2 (!) Jahrzehnte lang . 2 Jahrzehnte in einem Land, das vor ihm , sein Vater , ein einfacher Holzknecht, von nahezu perchtemhaften Aussehen zuvor knapp 3 Jahrzehnte beherrscht hatte. Nach dem gleichen „Gefühl", mit der gleichen Härte, aber auch mit ähnlichen Charme, den ich heute als Ober-Eier-Charme bezeichnen würde. Das wilde Bergvolk hinter´m Semmeling, wurden wir Eiermärker ja schon vor mehr als hundert Jahren genannt und es ist etwas d´ran. Es gibt hier ein gerüttelt Maß an Engstirnigkeit, Selbstsucht, Arroganz und wohlverbogener Gutherzigkeit, in diesem "…. Tal der Berge, Tal der Strome, Land der Äcker, Land der Dome…". In dieser eher eigenartigen Mischung aus wilden V-Tälern und herrlichem Hügelland, das zurecht die Sankt Eiermärkische Toskana genannt wird. Wie zum Beispiel meine Freunde, die Einstäler, als V-täler, durchaus Querschädler sind, dickköpfig und halsstarr. Der Mooschi kam natürlich aus der Einschicht, hatte es aber bald geschafft, an dem damaligen Kulturleben teilzuhaben und studierte bald in Bologna und den states, um als polyglotter, weltoffener Davidsbündler wieder zurückzukehren.

ER wusste, dass man den Holzhackercharme und Stil des Herrn Papa soo nicht fortsetzten konnte. Da musste ein bißchen mehr daraus gemacht werden; eins behielt er allerdings bei und das brachte ihn letztendlich auch zu Fall: das völlig despotische Regieren, mit lauter JA-Sagern an seiner Seite. Systemkritiker gab es nur kurz. Sie überlebten das politische Fegefeuer nicht lange, wurden quasi vor dem Chef hergegrillt. Das hielt der Stärkste nicht aus, nahm lieber Reißaus und wenn´s in die Bundespolitik war, wie der niedliche Jussup, der an seiner Seite nicht groß werden konnte und durfte.

Seinen politischen Ziehsöhne hatte er EINS mitgegeben: die brillante Rhetorik, die Stimmlage, den Ausdruck und auch die Art zu Sprechen, das Betonen.

So gut wie alle sind zwischenzeitig politisch gescheitert. Einer davon hat überlebt, alle anderen wurden von den eigenen Parteifeinden gemeuchelt. Wenn man ihn – jetzt wieder - im Radio reden hört, könnte man meinen, sein Ziehvater sei wieder auferstanden, politisch natürlich. Denn: die Legende lebt. zurückgezogen, aber: es scheint ihm gut zu gehen, wiewohl er die Fülle seiner Macht, die sprichwörtliche Eeierische Breite, die ihn kaum durch einen Torbogen, und mag er noch so breit gewesen sein, gehen hat lassen, vermisst. Sehr vermisst. „Der oarme Mooschi !" würden seine unsterblichen Fans ihm heute noch nachrufen, wenn sie nur könnten, denn: von wo sie rufen ist noch keine Stimme je erhört worden......

Der Rebell wider eigenem Willen, mein Freund Klee

Na, ich hatte und habe schon recht eigenwillige Freunde, wenn man denn schon dieses hehre Wort dafür strapazieren darf: Freunde…. Aber: was ist DAS eigentlich: ein Freund?

Wieder findet sich Zeit und Ort für eine Abhandlung. Da braucht man nur an DAS zu denken, , das meinem Freund, Carl Zuckmayer passierte, wie er in „ Als wär´s ein Stück von mir" schrieb. Da verdiente der Begriff Freundschaft noch seine Nennung, besser: Wertschätzung. Da muß es noch DAS gegeben haben, das uns in unserer Zeit der allgemein verwahrlosten Volksblödheit und Gefühlsverwahrlosung so völlig, aber absolut ganz verloren zu gehen scheint. Das wahre, große Gefühl, im Sinne von: Fühlen für einander. Mitgefühl im schönsten Sinne der Wortbedeutung. Und, obwohl es den Menschen in einer Zeit, die die Erinnerung eines Carl Z. so beispiellos fein skizziert und der Nachwelt unsterblich erscheinen lässt, so dreckig, so fürchterlich dreckig gegangen sein muß, war da Etwas, das verband. Etwas, das heute ausgelöscht (er)scheint. Eine Inspiration, die heutzutage kaum mehr jemand zur Widergabe ein paar netter Zeilen voll Gefühl, gefühlter Dankbarkeit oder Zuneigung veranlaßt. Verblaßt, aber nicht verschüttet, kann man nur hoffen; den diversen Schutthäufen deutscher Städte nach Kriegsende gleich, aus denen nunmehr auch so viel gewachsen und entstanden ist, und für das betrachtende Auge wieder sichtbar geworden ist.
Man kann man nur hoffen, dass es sooo ist.

So eine Lichtgestalt war dieser Wolferl Kaa sicher. Ich lernte ihn am blühenden Ausgang meiner eigenen Beamtenschaft, eigentlich schon mitten in der erwählten Selbständigkeit kennen. Er fiel mir, mehr oder weniger in den Schoß, einer reifen Frucht gleich, die dem Darunterstehenden von einem Obstbaum zufällt. So eine schöne reife, wohlschmeckende Birne, etwa. Ich erwarb ihn durch einen geordneten „Zufall", deren es – im Rückblick betrachtet – in dieser Zeit mehrere gab. Er übernahm einen, an unerledigten Akten absolut übervollen (Akten)schrank von seinem Vorgänger, der es eher liebte, dem hervorragenden Wein der Region zuzusprechen, denn harten Konfrontationen mit der „notleidenden", industriellen Bevölkerung gegenüberzutreten.

Daraus entwickelte er, mein Freund Kaa, zuerst nicht die, diesem Fall gebührende Resignation, sondern eine, absolut kreativ wirkende, unbürokratische Strategie: er entwarf ein Modell der Auslagerung behördlicher Tätigkeiten an arbeitswillige Freischaffende, in konsequenter Verfolgung des, dereinst maria-theresianischen Gedankenguts. Dies in beidseitigem Einverständnis und zu beider Erbauung. Als absolut atypischer Beamter trat er auch öffentlich in einer Rockband auf, verdingte sich als Showmaster und tat allerlei Dinge, die bis dahin in der Öffentlichkeit (eher) unbekannt waren, und so etwas wie Volksnähe und Zugänglichkeit der (öffentlichen) Verwaltung vermittelte. Legendär sind in diesem Zusammenhang auch die Volksfeste zu nennen, die zu seiner Zeit regelmäßig im Sommer in den Räumlichkeiten der Bezirkshauptmannschaft abgehalten wurden. So frei nach dem Motto: die BH gehört dem Staat, also warum soll sie nicht dem Volk – auch für Feste – zugänglich gemacht werden; eine Art moderne Demokratie im besten Sinne des Wortes, von wörtlich übersetzter „Volksherrschaft" sollte alsbald Platz greifen. Was er dabei leider übersah, war die Tatsache, dass das Volk auch (ab und an streng) regiert werden will, und das reine „laissez faire" Prinzip schon den Generationen der post-französischen Revolution zu Hauf' den Kopf kostete.

So zog sich unser Held schließlich alsbald erfolgreich aus der Affäre und wechselte das Referat. Aus dem sonst so heißumkämpften „Gewerbe" wurde die ruhige Kugel des „Sozialen". Aus dem einstigen Schützen Arsch der BH-Stellvertreter. Eine Position, die ihm die selbst zugeschriebene, ausreichende Reputation, bei überschaubarer Verantwortung einbrachte. Einziger Wermouthstropfen dabei: die öffentlichen Auftritte in Talkshows und dergleichen, die er damals so liebte, mußte er sich nun verkneifen, da der wirkliche Chef und Bezirkshäuptling nur lapidar meinte: „ Ich glaube, DAS kommt in der Belegschaft nicht gut, und wäre das falsche Signal, Wolferl!"
So mußte unser „Rebell wider eigenen Willen" mit knapp Fuchzig resignieren und dort hin zurücktreten, wo er ohnedies (nie) hin wollte: in die Reihe der (un)Ersetzbaren......

Großklein und Kleinklein, und: ganz, ganz Klein: Hitzendorf ; oder: die Oase der Seele?

Was wird denn das nun wieder, könnten Sie, sehr geschätzter Leser dieser Schriften vielleicht bekritteln. Könnten, müßten aber nicht und: müssen schon gar nicht, denn: es ist so, oder scheint zumindest so. Hitzendorf, zu steirisch: Hiaz´ndourf, ist eine Idylle, eine Oase des Wohlfühlens, ein trout perdue der steirischen Gemütlichkeit. Hier muß man hin, wenn man das sucht, was derzeit gar sooo Vielen abgeht: Lebensgefühl.
Hier ein kurzer Ausschnitt/Einblick:
Eigentlich war´s ja beinah´ einer der vielen Irrtümer, wie sie nur durch die neumoderne Internetgeneration hervorgerufen werden können. Ich wollte ursprünglich nach Sankt Barthlmäh, wie´s die Einheimischen so liebevoll benennen: St. Bartholomä in der Steiermark. Ein dereinst liebreizender Ort in absolut idyllischer Landschaft. Ein Ort, der schon den seinerzeitigen Landtagspräsidenten, Hans Koren, in seinen Bann gezogen hatte. Der beschloß, genau hier, in der Mitte seines damaligen Weges zwischen Wohnort und Ausbildungsstätte seine lebenslangen Zelte aufzuschlagen. Genau an diesem Ort, der ihm viel von seinen, über die Landes- und Zeitgrenzen hinausgehenden Inspirationen auf kulturellem, kulturpolitischen, aber vorallem menschlichen Gebiet quasi eingehaucht haben mußte. Genau dort wollte ich hin, um nur ein paar Funken seines immer noch sprühenden Geistes aufzufangen, einzusaugen, mitzunehmen....

Aber: das „Internet" konnte DAS nicht vermitteln. Im wahrsten Sinne des Wortes: NICHT. Es gab keine websites des sonst so ubiquitären Kirchenwirtes, ein Anmailen an die Gemeinde blieb „goar net amoil ignoriert" und so weiter.

So kam ich auf meiner Internetreise nach Hitzendorf, kaum 10 Kilometer entfernt.

Und dort fand ich die für, oder in St.Bartholomä erwartete Idylle. Das begann schon mit dem herrlichen, ruhigen, Kleinappartement mitten im Ortszentrum. Gleich gefolgt von dem Kirchenwirt, den es hier auch in voller Lebensgrö-ße gab und der seinem Namen alle Ehre machte. Ein richtig gutes Landtschecherl, wie man hierzulande zu sagen pflegt, das von der berühmten Frittatensuppe, über das allzu köstli-che Wienerschnitzerl, bis hin zum Kirschenstrudel tatsäch-lich ALLES, aber auch alles an kulinarischen Köstlichkeiten feilzubieten hatte. Und: wie auf ein unsichtbares Zeichen hin füllten sich die Stammtische mit den üblichen Wirts-haus-Verdächtigen steirischer Provenienz.

Den Höhepunkt stellte jedoch sicher das Hausorchester dar. Ein, wie improvisiert wirkendes Ständchen, das von den scheinbar ortsansässigen Musikanten, auf zwei Ziehharmo-nikas, zwei Hackbrettern, zwei Kontrabässen und einer Kastagnettenbegleitung zum erquicklichen musikalischen Besten für jedermann – ohne Eintrittskarte – dargeboten wurde.

Dazu noch mein zeitreisender Wegbegleiter des Abends: ein, in die Jahre gekommenes Wichtelchen, das äußere Ruhe zu auszustrahlen versuchte, dabei aber mit einer offensicht-lichen, inneren Unruhe kämpfte. Mit einem Tenor, der die-sem Alter sonst nicht, oder taditionell nicht mehr anhaftet: cherchez la femme!

Das Haus der weißen Urne(n)

Eigentlich wollte ich diese Geschichte ja „das Haus der dunklen Krüge" nennen, aber die gute, von mir sehr geschätzte und als erste Wiedergelesene, hatte diesen Titel bereits einem ihrer Bücher verliehen. Einem imposanten Werk, einem Buch, das mich, offensichtlich, sehr nachhaltig beeindruckt hat, denn: „es ist schon lange her, das freut uns umso mehr". Ein Lieblingsausspruch meiner Lieblingstante. Ich wusste bis vor kurzem nicht, dass das ein Originalzitat aus Zar und Zimmermann, der von mir erst- und mit Genuß gesehenen Oper ist, und keine freie Erfindung der guten Bertha-Tant, oh Verzeihung: Tante Berschi war, wie ich bisher immer vermutete.

Diese Geschichte handelt von meinem Elternhaus, das ich in letzter Zeit schon öfters beschrieben und von dem ich schon mehrmals berichtet habe. Das Haus wurde im Jahr 1907 von meiner Urgroßmutter, der sagenumwobenen Fürstin Jablonowsky gebaut. Sie hatte dieses Haus in der Schubertstrasse, einer der Prachtvillenstrassen von Graz, neben der so bezeichneten Plattenvilla gebaut. Die Plattenvilla, die ich immer nur von außen kannte, steht, wie der Name schon andeutet, auf der Platte, einer auch heute noch sehr schönen, grünen Gegend. Man könnte auch Grüngürtel von Graz dazu sagen. Einer Gegend, in der auch heute noch sehr Wenige, und wenn, Menschen mit Geld, wohnen. Andere, die Gaffer, ergötzen sich sonntags daran, diese Wunderdinger, die SIE sich in diesem Leben ohnedies niiiee werden leisten können, zu bekritteln. Da passt dem einen der bröckelnde Putz der mehr als hundert Jahre alten Fassade nicht. Dem anderen missfallen die langsam rostenden schmiedeeisernen Balkonumkränzungen; ein weiterer wiederum kritisiert das Gras, das langsam aus der bekiesten Einfahrt zu sprießen beginnt, oder das Moos, das aus den Ritzen des erdnahen Mauerwerks zu erkennen sich andeutet … wie einstmals ein adeliger Schlossbesitzer dazu bemerkte: „ alles nur Neider und Gaffer" ich schließe mich seiner Meinung - Gott laß ihn selig ruhn - an.

In diesem Zustand war natürlich auch die Schubertstrasse, liebevoll von allen so genannt, obwohl damit natürlich nicht die ganze Straße, sondern nur das Haus Nr.: 72 gemeint war. Und sie war lange Zeit so, da es – wie fast immer – „nur" eine Frage des Geldes war, diese Mängel zu beheben. Und das hatten die Hausbesitzer, alter Prägung, in aller Regel nicht. Sie waren die Nachkommen der Reichen, die diese Häuser erbauten und sich mitunter ein Leben lang abquäl- ten, das „Ererbte von den Vätern zu erwerben, um es zu besitzen" – wie der schöne Spruch doch so trefflich (?) aus- zusagen pflegte. Zuletzt fand ich diesen Spruch, in goldenen Lettern über dem Eingangstor eines Wirtschaftsgebäudes jenes Schlosses, in der Nähe von Ilz eingeprägt wieder, in dem ich fast zwei Jahre zu Gast sein durfte…..

Aber den meisten dieser Erben muß es wohl wie Atlas ge- gangen sein. Jener Gestalt der griechischen Mythologie, die sich damit abquälen musste, die Erdkugel auf seinen Schul- tern zu tragen und darunter fürchterlich litt. Ich sehe heute noch die, aus Marmor gehauene, schmerzverzerrte Gestalt dieses Atlas in der sixtinischen Kapelle, oder sonst wo in Rom, vor mir.

So ging es natürlich auch mir. Ich hatte diese Villa, völlig überraschend und für uns unerwartet, bekommen. Da es ja, wie schon in „ **Der Sohn meiner Mutter**" erzählt, in diesem

Haus heftige Streitereien unter der Verwandtschaft gab, war mir immer klar, dass dieses Haus, die bösen Phaettberg's erben würden. Jene Menschen, über die ich schon in *„Vielleicht aus einer anderen Zeit"* berichtet habe.

Das das Haus nun mir, besser uns, meinem Bruder und mir, zufiele, damit war wirklich nicht zu rechnen. Da mein Bruder immer schon in Wien lebte, hatte er kein Interesse, im Haus zu wohnen, geschweige denn, es zu erhalten oder seinen Obulus dazu beizutragen.
Im Gegenteil erwartete ER immer die Verzinsung seines eingesetzten Kapitals, die es aber in der, von ihm erwarteten, Dicke nie geben konnte. Das kulminierte dann schließlich darin, dass er mir eines schönen Tages androhte, seine Haushälfte verkaufen zu wollen. Ich wäre der erste, der es erfahren würde. Um mich also der Ehre des Erbers würdig zu erweisen, kaufte ich ihm seine Haushälfte dann bis auf ein verbleibendes Haussechstel ab. Ich wollte den Streit der Ahnen nicht prolongieren….. Das ging dann schließlich solange gut, bis er dieses verzinste Sechstel zur Unzeit – wann passt denn ein Fälligstellen(?) – einforderte.

Als Unzeit meine ich damit nicht nur meine wirtschaftlich prekäre Lage zu dieser Zeit. Nein: da hatte sich scheinbar das Schicksal dieses Hauses auf's Neue erfüllen müssen…… da wurde das Schicksal der „jungen hübschen Studentin" aus der Erzählung *„ Kann das Alles Zufall sein"* beinahe auf tragische Weise geschrieben. Genau in IHREM TRAUMHAUS erfüllte sich der Albtraum: ihr ernst gemeinter Freitodversuch missglückte…. „ Kann das Alles Zufall sein" wird gerade in diesem Zusammenhang eine wohl nie zu klärende Frage bleiben…..

Doch damit nicht genug: Im gleichen Jahr noch, als Atlas die Kraft verlor, seine Weltkugel weiterzuschleppen, tauchte ein Mann in meinem Leben auf.

Ein Mann, der – wie er später behauptete - dieses Haus schon 20 Jahre zuvor kaufen wollte. Ein Mann, der – wie ich heute weiß – die Geschichte des Hauses genau kennen musste und ein, durch das Schicksal, fast Verbundener war. Ein Mann, der wenige Jahre zuvor seine Frau durch deren Freitod verlor…..

Woher ich wusste, dass er wusste….? Ganz verklärt betrachtete er - bei einer der vielen Hausbegehungen - eine, im Garten der Schubertstrasse von mir zurückgelassene, Urne. Die Urne des Fritz Rothstein, des Bruders der Fürstin, der als Mann von 18 Jahren seinem Leben ein Ende setzte.

Der steirische Brotlaib,

oder: ....über die Legendenbildung

es war wiedereinmal ein Ausflug in die alte Heimat, der mir DAS einbrachte, das ich (zunächst nicht) gesucht hatte: eine Legende zu erleben.

Was man nun darunter versteht?

Ganz einfach: ..."... den steirischen Brotlaib..." zum Beispiel.
Und: „Was ist das, der ..."...steirische Brotlaib"?"
– eine Legende, natürlich!

Vielleicht ganz kurz zur Erklärung: der Laib Brot ist ein Symbol für Essen; genug zu essen zu haben; so im Sinne von: „.... und unser täglich Brot gib uns heute!"
Die Weiter(wort)entwicklung dessen, nämlich einem ganzen Volk genug zu essen zu geben, kann in dem „.... Brotlaib" erkannt werden.

Die Steiermark ist ein Landstrich im Südosten Österreichs, der über die Jahrzehnte eine der Bollwerke gegen den Kommunismus bildete, wie man es damals den Schulkindern einredete. Eine Art Schutzwall, gegen etwas Undefiniertes, das eigentlich nur (noch) von einer langsam aussterbenden Generation, dafür aber mit Vehemenz, gepflegt wurde. Etwas inzwischen schon so gut wie Vergessenes, jedenfalls aber Vergangenes.

In diesen, zugegebenermaßen schlechten Zeiten, war so ein Brotlaib für Alle natürlich etwas Wesentliches, symbolhaftes.

Noch dazu, wenn es von einer mächtigen Erscheinung, und von absoluter Seltenheit war. Ein Berg. Ein ganzer Berg aus Eisen, bzw. Erz.
DER Erzberg.

Er sollte Generationen von Menschen ernähren, ihnen Brot geben. Brot im Sinne von : viel Arbeit, viel Brot.

Und DAS tat er wohl auch. Über Generationen

Mein toter Freund, der Herr Professor!

„Ich bin wirklich zutiefst erschüttert, vom allzu frühen tod eines guten, und langjährigen freundes erfahren zu haben, den ich schon seit der mittelschulzeit kannte; er war ein (seelens)guter, wertvoller mensch, der seinen weichen, empfindsamen kern mitunter hinter einer, von manchen vielleicht hart empfundenen, schale verbarg.“
Andre´ heresch

Ich wollte und mußte Dir ein Denkmal setzen, lieber Woy!
Ich weiß, das klingt jetzt vielleicht banal, abgedroschen und der Stimmung unter Umständen alles andere als angepaßt, aber: Du hast es verdient, nicht unvergessen in´s Nirwana eingehen zu müssen. Du nicht!
Tut mir leid, wenn ich Dich nun erst kürzlich so zerrissen und/oder verunglimpft habe. Die nachstehende Lebenszusammenfassung ist – zwangsläufig –nur ein Teilaspekt aus meiner (damaligen) Sicht, aber: irgendwie war ich zuuu sehr erschrocken, aus einem ehemaligen Lebensvorbild, der für mich auf einem ehernen Podest stand, irgendwann einmal „… den müaden Dackel, dereinst: a großer Lackel“ wiedergefunden zu haben. War sicherlich unendlich uuuunfair, damals.
So hab ich´s probiert, wie immer: zu spät, ich weiß. Aber: probiert. Dir einen Teil dessen widerzugeben, dass DU sicherlich verdient hattest: Anstand, Respekt, Würde.
Es war eine schöne Zeit, die ich mit Dir teilen durfte auf unserer gemeinsamen Zeitreise. Ich weiß noch genau, wie Du mich immer in den herrlichen Dampf- und Wärmetechnik Vorlesungen mitleidig belächeltest, so frei nach dem Motto: „Na DU wirst DAS ja sowieso nie schaffen“. Vermutlich, weil Du Dich selbst in mich hineinprojeziertest, und selbst pass erstaunt warst, als Du – als

höher- bis Höchstsemestriger, fast schon völlig verzweifelt, versuchtest, den damals vermutlich sehnlichsten Wunsch Deines Vaters zu erfüllen(?). Da war Dir der „Pete", der Dir da zufällig über den Weg lief durchaus willkommen. „Pete" (=gesprochen: piiet) war vermutlich für Dich auch nur ein Platzhalter für Alles, das man bewunderte, aber am liebsten selbst NIE erreichen wollte/konnte, oder sollte: Ansehen in der „verhaßten" Gesellschaft, ein Platz an der Sonne, eine schöne fette, gutdotierte, Berufsaussicht, mit nicht endenwollenden Aufstiegschancen. Einfach: eine reputierliche Position, zu der der Diplomingenieur natürlich genau dazu passte.

Und dann: der Porsche! Der weiße 911er, mit dem Du mich dann einmal in der Schubertstraße besuchen kamst. Die inkarnierte Frechheit – dachte ich mir damals. Du genosst den Augenblick meines blanken, „neidvollen", besser: begehrlichen Entsetzens beim Anblick dieses Weltwunders an Schönheit und Technik, das Du mir da so einfach vor die Nase stellen musstest. Ich hab´ mich dann revanchiert. Jahre (hindurch) später, und immerwieder. Es war für uns einmal ein Symbol für: die Krone der Maschinenbautechnik, die für uns schließlich immer (noch) als unerreichbarer Olymp galt und gilt. „Er" wird´s bleiben, wenn es nun auch manchmal und ein wenig in Vergessenheit gerät....

Es tut mir leid um Dich, lieber Freund! Ich hoffe, Du konntest neben diesem sicher banalen Beispiel von oben die Mehrzahl Deiner Träume erfüllen, und bist nicht allzusehr in Deiner (un?)geliebten Schule untergegangen!
Wo auch immer Du nun bist: Ich will und werde Dich nicht vergessen! Mach´s gut, Du lebst in unseren Gedanken weiter, Pete!

der räudige Professor
oder: wie sich die Leute doch (?) ändern können

er war ein Symbol für uns, der Knebel-boy (richtig: Leber Woy) wie wir ihn in der Schulzeit liebevoll nannten. Na, der traut sich was! war ja in den seligen sechziger Jahren noch nicht so ganz einwandfrei, im wahrsten Sinn des Wortes, mit an Tschick in da Pappn, longzotat min Moupeid zur Schui z′foahrn. Es war nicht ohne Einwand, nein. Er war für uns, weil älter, weil sooo viel älter (mindestens ein Jahr war damals eine unvorstellbar lange Zeit) schon von vornherein ein Symbol, man könnte fast Mythos sagen. Und dann das coole Auftreten, würden unsere Kinder es jetzt vielleicht nennen. So locker – hieß es damals, der sch… sie wirkli nix! wie der mit die Lehra umspringt und: der Bart, der coole Backenbart und die Hoar, die langen Federn… Mit einem Wort: der personifizierte Wahnsinn. A lässig′s Haberl. Dass dieser Knabe natürlich bei „unseren" Mädchen den Mega-riss hatte, braucht nicht wirklich erwähnt zu werden. Dass diese dummen Kühe natürlich scharenweise auf ihn herein-fielen, und unsere Köpfe vor wirren, unmoralischen Gedan-ken regelrecht erglühen ließen, war ebenfalls selbstverständ-lich. Der gute Knebel-boy!
Dann traf ich ihn, Jahre später, ebenfalls als hoffnungslos umherirrenden, schon Ältersemestrigen auf der Technik. Zuerst wusste ich nicht, ob ich ihn überhaupt mit „Du" an-sprechen durfte, da ich mir ziemlich sicher war, dass er na-türlich schon längst fertig und wohlbestallter Assistent war, der mir, kleinem Studenterl das Leben gehörig schwer ma-chen konnte. Aber: Nix da, Herr Maier! Er studierte eben-falls noch und war – ähnlich wie ich – im Studium, trotz

fortgeschrittener Sylvester, noch nicht wirklich weit. Der Mythos begann ein wenig zu bröckeln, aber da wir im gleichen Boot saßen, galt es eher Freundschaften zu suchen und irgendwie zu probieren, sich durch dieses Wirrwarr eines , sinnlos komplizierten und nie endenwollenden, Studiums erfolgreich durchzuquälen; sprich: irgendwanneinmal vielleicht doch noch die Zielgerade zu sichten. Mittelschulhandycap hin oder her, dazu war diese Ausrede dann doch irgendwann zu weit weg. So kämpften wir eine Zeit lang bedächtig Seite an Seite, versuchten uns über gemeinsam erlittene Misserfolge hinwegzutrösten, oder aber staunend vor dem öffentlich bekanntgemachten positiven Prüfungsergebnis des jeweils anderen – natürlich völlig konsterniert - zu stehen. Still dahinmurmelnd : Na, wie kann man denn mit soo wenig Wissen diese schwierige Prüfung bestehen? So war also, nachdem sich dann unsere gemeinsame Spur wieder verloren hatte, glaublich jeder vom anderen überrascht, diese Unmöglichkeit doch noch geschafft zu haben und sich Diplomingenieur schimpfen zu dürfen. Aber, es hatte wohl wieder der legendäre Sager des, ebenfalls g´studierten Vaters eines rasch studierenden Schulkollegen seinen Wahrheitsbeweis angetreten : „wer inskribiert und nicht krepiert, der promoviert!" - man glaubt als Betroffener während der einen oder anderen Durststrecke nur nicht mehr wirklich daran.…

Einige Zeit später traf ich ihn dann wieder. Zu meiner totalen Verwunderung nur als Lehrer – das hätte er billiger haben können – und das akkurat in jenem Fach tätig, in dem er selbst die größten Defizite hatte : in der reinen Konstruktionslehre. Die pure Katastrophe dachte ich mir: Er, der Rebell von einst, der nichts mehr als Lehrer hasste, oder es zumindest gut zu vermitteln wusste, auf einem völligen Irrweg! Wie das Leben so spielt wurde ich dann, Jahre später Zeuge des Wandels in der Geschichte, der ja sonst nicht real existieren soll, wie viele vermeintliche Kenner behaupten. Ausgerechnet dieser Knebel-boy, oder Pete the Label, wie er dann bezeichnet wurde, mutierte zum grausam ungerechten und harten Professor…. Ein harmloser Junge, der ihm garantiert nichts getan hatte, der nur ein bißchen nach Pferd roch – kein Wunder als begeisterter und erfolgreicher Reiter, wie ich dereinst – war in sein Visier geraten. Und ich, dank fortgeschrittenen Alters, mit satten 35, musste intervenieren. Herrlich! Ich bekam von meinem Ex-Studienkollegen Anweisungen für den Jungen, die ich über die Freundin der Mutter dem unschuldigen Opfer von Pete the Label zukommen ließ! Geradezu grotesk… schlussendlich wurde der junge Mann dann Berufsreiter. Auch ein Schicksal.

Schließlich lief er mir erst unlängst wieder über den Weg. Wir hatten einen kleinen, aber doch überschneidenden, gemeinsamen Tätigkeitsbereich. Im Volksmund Autotypisierungen genannt. Da fanden wir uns wieder, weil wir (wieder einmal) beschlossen hatten, uns nicht von irgendeinem korrupten Obrigkeitssystem, das noch dazu ebenfalls von einem Studienkollegen ersonnen wurde, unterkriegen zu lassen. Dieses System zielte darauf ab, durch abstruse, künstlich hoch geschraubte, Qualitätskriterien eine letale Selektion unter der mitbewerbenden Kollegenschaft einzuführen. Dagegen galt es, qualifiziert anzutreten. Natürlich mit einem gerüttelt Maß an Arbeitseinsatz. Wir beschlossen, gemeinsam an´s Werk zugehen. Was ich jedoch vergaß: es bestand zwischen uns ein gravierender Unterschied. Ich war selbstständig und er pragmatisiert. Wie sich das ausdrückte? Na, ganz einfach. Als ich von einem zeitlichen Engagement von

2 Stunden sprach, hatte ich das auf die Woche bezogen – als Minimalanforderung. Er bezog die zwei Stunden auf das ganze Jahr. So blieb von der einstigen Legende für mich nur noch ein Scherbenhaufen zurück. Da konnte nicht einmal mehr der (Ver)Putz herunterbröckeln. Wie hieß es da(zu) doch früher soo schön in meinen geliebten schwarz-weiß-Filmen: „ traurig, traurig, traurig!"

Bitte,

bitte heute!

so, oder soo ähnlich könnte ein Kinderreim lauten, ein Aus-
zählreim… irgendwie bin ich mir heute so vorgekommen,
als hätte ich ein T-Shirt, genau mit dieser Überschrift ange-
zogen… „…bescheißt mich bitte! heute!" …..

ich ging in den Tante-Emma-Laden um´s Eck, wie immer,
wie sehr oft in der Früh. Ich hatte mich schon daran gewöhnt, war zufrieden, meine Wurst, die Semmerln, Milch,
Butter und das Übliche halt einzukaufen. Das was ich wollte, und nicht irgendwelche Werbestrategen sich für mich
ausgedacht hatten; diese fürchterliche Spezies Mensch, die
den lieben langen Tag nichts anderes tut, als sich Werbe-
und Einkaufsstrategien auszudenken: Was steht wo am besten? Wo muß ich die Kaugummis, dem Kinderauge am
nächsten, platzieren? wie forciere ich den Kaufrausch am
besten? wie bring ich das Kaufvieh (sonst, und bald wieder:
Stimmvieh) dazu, sich möglichst leicht, und für es unauffäl-
lig, nach Belieben melken zu lassen? Wie? wie? Wie?

Bei IHM passiert mir DAS nicht, bei ihm, meinem Freund,
dem Herrn Beutler, dachte ich. Der schnapst mich nicht,
dachte ich, da hab ich kein Problem….

„Es irrt der Mensch, solang´ er krebst." - möchte ich, als
Hobbyphilosoph, dazu nur anmerken.

Heute wär´s ihm beinah gelungen, diesem Schurken!

Ich sollte noch erwähnen, dass ich deshalb so gerne zu ihm
gehe, weil mich genau dort das Kauferlebnis nicht kalt er-

wischt, ich genau dort dem Einfluß der Profis nicht erliege. Dort, in diesem gemütlichen Familienbetrieb, wo die Welt

noch in Ordnung scheint, dort, wo ich statt ungewollter 100 einfach nur meine 30 Euro ausgebe....

Na, ich kaufe – wie immer ein – diesmal ein wenig mehr und : Tschak! 79 euro 50! „Olla!" schrei ich noch schnell aus! „Deis is oba vuil heit! da muß ich mit Benko zahlen!" „Kein Problem!" sagt mein gegenüber an der Kasse, zwinkert mit seinen (Schweins)Äuglein ganz verschmitzt und denkt sich: DER Tag beginnt gut!... und dann, als ob ich mit Automaten ein Bündnis hätte: er funktioniert nicht! Darauf beginnt der gute Mann nachzurechnen und kommt drauf, dass er mir für´s Brot 30 (!) statt 3 Euro verrechnen wollte........ „52, 30.." heißt es dann plötzlich und ich kann mit Bargeld zahlen, bleibe ihm aber einen Rest schuldig, da ich sowieso nur a fuchzgarl eingesteckt hob. „ Mocht nix", erwidert der Kompaniero....

ich beschwere mich noch lautstark: „ Na. so was! das hätt´ ich mir nicht gedacht! Dieser Beutler! das ausgerechnet ER das mit mir macht! mit mir , der Unschuld vom Lande!" – na, mit wem denn sonst , du dummer Hund ! denk ich mir dann beim Hinausgehen - bist ja selber schuld, wenn du wieder DEIN T-Shirt anhast........

Immer diese Deutschen (?),oder: Hauptsache der Stumpfsinn hat Methode

Hauptsache Methode, es kann auch Stumpfsinn sein, könnte man schlußfolgern, wenn man die jüngsten Aktionen der Beefkonen in „Olympia", natürlich richtig: bei den Olympischen Spielen beobachtet.

Methode, das ist etwas, das unsere Freunde aus dem hohen Norden soo gerne an den Tag legen. Wo und wann , unpassend, auch immer. Hauptsache: anwenden: Zack, zack!

Wieder zwei Beispiele zum angreifen: Reiten, zum Beispiel, besser: Dressurreiten. Da wird die Eine immer erste und die Andere immer zweite. Und dann glaubt die zweite immer noch an Zufall! Na, so ein Stumpfsinn! Objektiv betrachtet: wenn der eine über drei Olympiaden, als Zeiträume gesehen, also in Summe:12 Jahre immer gewinnt, und der andere immer hinter her hoppelt, sollte er sich doch was denken, oder? Da macht´s doch keinen Sinn mehr, von göttlicher Fügung, Zufall, schlechtem Tag, oder sonstigen Fatalismen zu faseln, oder sich darauf auszureden. Da gilt einfach nur mehr eins: „der Bessere möge obsiegen!" und er hat obsiegt! Ist schon zweimal, einmal zuviel, aber: dreimal: na, holla! Da sollte man doch darüber nachdenken! Also! Einfach nachdenken, Frau Bert! Auch SIE sollten es einmal behirnen, dass sie einfach die Schlechtere sind, denn: zufällig ist das nicht passiert, nicht nach soo vielen Wiederholungen. Da hilft auch die Methode: „und steter Tropfen höhlt den Stein" nicht, denn: nur Beständigkeit und Sitzfleisch, allein, macht´s halt – offensichtlich - auch nicht aus. Sonst sagt man immer: überlaßt´s das Denken doch den Pferden, die haben einfach den größeren Kopf!" Wie wahr, oh, wie wahr!! Just in diesem Fall perfekt anwendbar.

Der zweite Fall klingt für dieses, im wesentlichen durch seine Konsequenz bekannte, Volk schon besser: Da gewinnt ein Beute-Beefkone eine Goldmedaille; das dieser Recke noch dazu aus Ostaricchi stammt, find ich ja hinreisend komisch und äußerst bemerkenswert. Mit diesem Import einer fremdländischen Blutauffrischung hatte diese Nation nämlich schon einmal sauber, aber ganz schön sauber und ordentlich Schiffbruch erlitten. Aber: wer nicht öfters wagt, der nicht gewinnt, könnte man in leichter Abwandlung eines bekannten Spruchs fast meinen. So nehmen sie ihn also auf. Ihn, der für seinen Nationenwechsel, die Laschheit der Ostaricchianer, im Gegensatz zu der Konsequenz und Zielsicherheit der Beefkonen angibt. Ausgerechnet! Dann noch die fatale, ja schon schicksalshafte, Begegnung mit einer aus diesen Landen Stammenden, die dann bei einem Unfall um´s Leben kommt. Da reißt´s ihn z´amm: Er beschließt für SIE zu kämpfen und: „reitet für Deutschland". Diesmal war nicht nur das Pferd dabei. Nein, da war schon der Recke selbst gefordert, musste seinen Mann stehen. Dann der Höhepunkt: Als Beute-Beefkone sollte er bei der Bundeshymne mit singen: einziges Pech: der alte Text passte nicht soo gut zur neuen Hymne. Den neuen Text hatte er schlicht vergessen, nicht so gut gelernt, weil er in Wirklichkeit doch nicht mit einem (Olympia)Sieg rechnete?

Lästlinge, oder: wie sich österreichische Beamte selbst nicht besser hätten beschreiben können

Da hat´s ja, gerade in letzter Zeit, schon genügend Versuche der Selbstdarstellung gegeben, jedoch noch niemals sooo treffende, wie in diesem Fall.....

Ein Beamter stellt sich vor: „Hallo, ich bin ein Lästling!". „Wie bitte, was?" „Ein Lästling, sie haben schon richtig verstanden". „Na, schön, aber was soll ICH bitte DARUN-TER verstehen? Können sie mir das erklären?"

Und dann erklärte er, der brave Staatsdiener:

*„Lästlinge sind: kleinere **wirbellose** Tiere, ... die sich **gerne in der Näheren Umgebung** des (normalen) Menschen auf-halten; dabei handelt es sich um Arten, die **primär keine deutliche Schadwirkung** haben ; wird jedoch durch besonders günstige (Lebens)bedingungen ihre Vermehrung be-sonders begünstigt, treten sie **in übermäßiger Zahl** auf und werden damit **zunehmend als störend** empfunden; bei **massenhaftem Auftreten** führen sie zu **Belästigungen, in vieler-lei Hinsicht** können sie auch zu Schädlingen werden, zu ihnen zählen u.a.: Kellerasseln, Murasseln und Ohrwür-mer..."*

„Diese, wie sie alle zugeben müssen, ach soo treffenden Bezeichnungen und Beschreibungen, habe ich dem, bisher noch nicht veröffentlichten, weil nicht kundgemachten, Text der letzten BaugesetzNovelle 06/08 entnommen", meinte der, dabei freundlich bis dämlich grinsende, vielleicht selbstkritische Beamte." „Ja, aber, wie konnte denn das sein, dass eine Beamten-Selbstbeschreibung plötzlich zum Gesetzestext werden soll?", fragte Rudolf Schmauswaberl, der sonst nicht soo langsam von Begriff war. „Schaun, se, dass ist doch ganz einfach! Von wem, meinen sie, werden denn die Gesetze gemacht?" „Keine Ahnung!" „Na, wohl wieder nicht aufgepasst in der Schuuule?" „Oh, wohl" musste die Antwort wohl lauten. „No, schaun se: natürlich von Beamten! wer hätte denn sonst wohl für diesen mistigen Pfiffkars genügend Zeit, hmmm?.... Na, sehen sie! und soo wollte sich halt einmal ein Beamter, knapp bevor er in den unverdienten Ruhestand trat, noch schnell ein Denkmal setzten (frei nach dem Song: „Sie haben uns ein Denkmal gebaut, und jeder Vollidiot weiß, dass das die Liebe versaut!") Irgendwie haben´s jo olle an Spinner, die Amtsvögel, der eine einen kleinen, der andere halt einen doch wesentlich größeren.... und so hat sich dieser Vogel halt gedacht: wie formuliere ich eine Novelle so, dass sie zunächst wie eine sinnvolle(?!) Ergänzung eines, von vornherein sinnlosen, Unterfangens erscheinen mag, nämlich einer für alle gültigen Regelung, einer Norm halt. Dann setzte er sich hin und begann zu sinieren und sinieren und und.... Da kam ihm schlussendlich der rettende Gedanke! Ich muß mir nur eine Anleihe im Tierreich nehmen, das wirkt, zunächst, unverfänglich. Ja und so geh!Schas!"

„Ja und weiter? Können sie mir, als Nichtjuristen und -legisten, bitte bei der Auslegung dieser Gesetzesstelle helfen?"

„No, kloar, koa Prouwlein! … ich habe ihnen die Stellen sowieso angezeichnet: da wäre zunächst einmal die Stelle mit dem **wirbellosen Tier**....

Das hat ein bisschen etwas mit dem klassischen Beamtenwitz zu tun: „Na, Karli" , fragt der Lehrer in der Schule

„was verschluckt der Haifisch am liebsten?" „Die wirbellosen Tiere!" „Ja, und wieso?" „weil die kein Rückgrat haben!" „sehr gut! kannst du auch ein Beispiel nennen?" „Ja: Beamte!"…….

„Hahahaha, selten so gelacht, bitte weiter im Text!"

„Ja, dann kommen wir auch schon zur nächsten Stelle: sie halten sich **primär gerne in der näheren Umgebung** von **normalen** Menschen auf… : ganz einfach: das beamtete Faultier hält sich, wenn es nicht gerade den sehr erquicklichen Dienstschlaf schläft, gerne in der Nähe von normalen Menschen (also keinen missmutigen, frustrierten Eigenbrödlern) auf, um ihnen, im maximal möglichen Ausmaß, auf den Wecker zugehen"

„Sehr komisch! Hahahahaha! und weiter?"

„Naja, jetzt könnten´s sas oba schei langsam kapiern; sie brauchen ja nur aufmerksam zu lesen: ….daß sie **primär keine Schadwirkung zeigen, aber….in übermäßiger Zahl… zunehmend als störend empfunden werden….**

versteht sich doch von selber: denken sie zum Beispiel an eine (Gewerberechts)verhandlung: wenn da zum Beispiel nur 2 Amtsvögel dahersteigen geht´s ja noch, aber wenn sie dann zu fünft, sechst, oder siebent beim Mittagessen auftreten, werden sie bald zur Landplage, weil sie, wenn ein anderer zahlt, den Heuschrecken ähnlich, bald alles leer- bzw. kahl fressen. Insofern find ich auch die Analogie zur Tierwelt fast schon genial"

„Aha!" sagte daraufhin Anton Schmauswaberl sich noch immer vor Lachen schüttelnd, aber zuletzt doch wenigstens noch irgendetwas verstanden haben wollte: „Die zum Schluß angeführten Beispiele sollen dann also beamtete

Personenbeschreibungen darstellen, wie : **Kellerassel** – allein der bildliche Vergleich lässt mich schon schmunzeln - oder: **Murassel** – eher auf das zarte Geschlecht bezogen- Hohohoho!!!! Aber: **Ohrwurm**? Das ist doch eher was für den walkman, oder?"

„Na, ihre Bildung haben sie wohl an der Garderobe abgegeben, sie Einfaltspinsel!" konterte der, bis dahin soo bemühte und auf sein Werk stolze, Legist Pospisil und ging seiner Wege.

So ging diese, wirklich geistreiche, Arbeit, die aus mehr oder minder unqualifizierten Abschreibübungen bestand, dahin. Das man für diese (Ab)Schreibarbeiten natürlich Vollakademiker beschäftigen musste, die dann auch noch – selbst – qualitätsgeprüft werden mussten, versteht sich von selbst. Früher, beim Land, wurden diese Tätigkeiten noch von einfachen Schreibkräften, so genannten D-Bediensteten durchgeführt, die die dafür erforderliche Qualifikation gar nicht hatten. Denn: D-Bedienstete hatten nicht einmal den Pflichtschulabschluß, weswegen man bei diesen einfachen Baumschülerinnen, davon ausgehen musste, dass sie der übertragenen Aufgaben nicht mächtig waren, ein Umstand, der sich dann auch in diversen Beaumonts so bezeichneter Typenscheine bemerkbar machte.

Aber dann: nachher hatte man ja die Vollakademiker, die zwar alles besser machten, wie sie glaubten, aber auch unheimlich viel komplizierter…. Wie´s eben in der Natur der Handelnden begründet ist… und : soooviel teurer, wie die leidgeprüfte Untertanenschaft, in Gestalt der Antragsteller immer wieder besuderte. Lange, viel zu lange, denn: als man sich daran so richtig gewöhnt hatte, war der Spaß auch schon wieder vorbei. Wie gewonnen, so zerronnen – sagt ein Sprichwort dazu. So ist es eben. Den schon zu Kaiser(innens)zeiten bestellten Zuvieltechnikern wurde die staatliche Lizenz zum arbeiten von einem auf den anderen tag wieder entzogen. Keiner von den wackeren Recken meckerte darüber, niemand gab sich entrüstet, entsetzt, keiner monierte einen wirtschaftlichen Schaden. Mit denen kann man´s ja machen, war offensichtlich die Devise, denn: die Behörde hat immer recht; DIE macht keine Fehler! Gegen eine Bestellung kann man als Behördenknecht, genannt : nicht amtlicher Amtssachverständiger –auch wieder so ein herrlicher semantischer Missgriff – berufen. Gegen eine Abbestellung nicht. Dagegen ist kein Kräuterl gewachsen. Da wiehert, wer weiß auch immer. Der Staat feiert wieder fröhliche Urständ….

Peter Maffaii, oder wie verebble ich denn am besten einen Beefkonen

Es war – wieder einmal- genial. Wir besuchten die beefkonischen Lemminge in ihren eigenen Landen. Ich hatte den strikten Auftrag, mich gebührlich zu benehmen und ihnen nicht zu zeigen, was ich denn von ihnen hielte.(warum eigentlich nicht?!). Also genau das tun, was ich doch sooo gerne tue: angepasst sein, mit der Masse mitschwimmen, mich in ihrem Lemmingereigen einfinden.(wozu eigentlich?!). Gut, also gut: ich hab´s versprochen. versprochen, brav zu sein. Kunststück! wir besuchten ja SIE! sie in ihrem Land! Na, da kannst du ja nicht die sprichwörtliche Sau rauslassen, Andreas! Du bist doch bei ihnen! nicht sie sind bei dir, oder in irgendeinem fernen Land, wo sie alles, aber auch alles plattwalzen mit ihren Betonstampfern. Da bleibt kein Auge trocken, kein Härchen ungekrümmt, kein Grashalm stehen; wo die hintreten wächst – hinterher - nichts mehr.

So denkt man halt als Ausländer im einstigen Inland. Sind wir denn wirklich nicht zu Hause? da wird doch deutsch gesprochen, wie man sonst nur mehr selten im Ausland, im echten Ausland, angekündigt bekommt. Da versteht einen doch (fast) jeder... da hat man doch bald mit jemandem eine Basis, eine Gesprächsbasis, versteht sich. Da kann man noch richtig kommunizieren, sich austauschen, Kontakt finden; da brauchste ja nur det Maul uffmake, Karl August! und schon geht´s dahin....

Also gut: ich versprach´s. Ich versprach´s meiner Begleiterin des Lebens, jener Frau, der ich so viel zu verdanken hatte, jenem Menschen, dem es soviel bedeutete, bei ihren geliebten Beefkonen sein zu dürfen, den Braven! ganz im Gegenzug zu den Chiens d´autriche, diesen Hunden aus…, diesen elenden, wie sie meint, nicht wie ich meine. Ich, der Bonvivant, komme ja mit allen zurecht, ja mit allen Korruptlingen, ausgerechnet! aber sie, sie schafft´s nur mit den Akkuraten, den braven, den heiligen, mit jenen, die´s immer nur gut meinen, egal mit wem, egal woher er kommt, gut meinen: mit seinem Geld, seiner Reputation in der Welt, gut meinen mit seinem Esprit; seinem ungezügelt kreativen Geist. Gut meinen mit seinen Fähigkeiten, von denen sie immer träumen, ja direkt schwärmen. Gut meinen mit den Gallionsfiguren, die am Bug des Schiffes die Meere für sie durchpflügen sollen, ihnen den Weg weisen sollen, den richtigen Weg. Ist ja soo mühsam, sich vielleicht selber anzustrengen, soo mühsam, sich vielleicht selbst umzuschauen, bei Weggabelungen zu entscheiden, wohin? viel zu mühsam! Da ist das Lemmingehafte doch die viel einfachere Wahl: einer latscht voran, die anderen folgen, egal wohin. Selbstverständlich auch in den Untergang, den ER, er wird es schon wissen. und weiß er´s nicht, dann brauchen wir´s auch nicht zu wissen!.... wozu?.... wir, die Folger, die Braven

Doch nun zu unserem Freund, Pete the Maffaii, einem Morschehändler. Morsche aus Muffensausen – sie wissen schon – diese Edelstahlschmiede, der es immer wieder gelingt, ein Fahrzeug zu verbessern, das schon perfekt konzipiert war. Also frage ich SIE: wie kann denn das funktionieren? Ist diese Firma, etwa auch, mental gespalten? Kann ich etwas perfektes verbessern? Nicht das sie nun meinen, ich wäre es, gespalten nämlich, nein! das empfinden auch andere, von dieser eigentümlichen Krankheit Beseelte, um nicht : Besessene zu sagen. Einer dieser Fahrzeugverbesserungen drückte sich darin aus, dass es mit zunehmendem Alter der Baureihe gelang, die Sitzposition zu begradigen. Waren die Beine des Fahrers, ab dem hohen Oberschenkel – zunächst noch – irgendwo, rechts der Mitte, aus dem Blickfeld des Fahrers verschwunden, sind sie nun – fast schon gerade gerichtet - bis zum Knie wahrnehmbar. Ein Umstand, der es nun auch dem Beifahrer erlaubt, das Knieklemmen des Fahrers, als Lenkhilfe, wahr zunehmen. Ein, für diesen mitunter, unangenehmer Zustand, ist er doch – ab und zu – dazu angetan, in diesem gelindes Unwohlsein aufkommen zu lassen. aber: c ést la vie! es muß ja niemand Morsche-beifahren….

So war es natürlich auch diesmal: wieder einmal war der neue 4711er besser als der alte. Wieder einmal waren die Verbesserungen besser und sinnvoller erscheinend. Ich hatte beinahe schon den Eindruck gewonnen, als ob, wer nun auch immer, nur mich, akkurat mich verfolgt, mich beobachtet, meine Gedanken und meine Kritik verfolgt, aufschreibt, bespricht. So, als wäre ich der GM (= general manager) des Unternehmens Muffensausen und um mich, comme il faut, drei bis fünf Vasallen, die mir jedes Wort von den Lippen ablesen und, noch besser: jeden Gedanken mit eigens dafür konzipierten Empfängeranlagen orten, aufnehmen und verwerten. Ein Spitzelsystem muß das sein, wie es sich nicht einmal die ehemalige DDR hätte erträumen lassen, oder: eines, das die Chinesen, so es die Volksrepublik in 30 Jahren noch gibt, sich auch erst in zig Jahren vorstellen werden können! Das drahtlose Abhören von Gedanken und das Prognostizieren derselben. Irgendwie müssen die mich ja auch in meinen, nicht gedachten, Gedanken verfolgen können, denn: des Fahrers Knie dem Beifahrer zum Blicke feilzubieten, ist ein Gedanke, den ich erst jetzt, beim

Schreiben dieser Zeilen gefasst habe. Das Auto wurde aber schon Jahre zuvor konzipiert! Also muß da jemand, pro futuro, also in die Zukunft schauend, agiert bzw. gedacht haben.

Ich fände es, würde es eine andere Person als mich betreffen, beklemmend; in gewisser Weise furchteinflößend. So find ich´s normal, weiters nicht tragisch; man nimmt sich die Gedanken eines genialen Denkers zum Vorbild. Das ist für diese beefkonischen Kopierfexen doch „business as usual", nicht mehr.

Na jut, für mich hatten sie´s wieder geschafft: die Wahl war getroffen, das Fahrzeug in den (richtiegn), für mich entscheidenden, Details geändert; sogar Kofferraum gab´s jetzt ; natürlich vorne, natürlich vor dem Tank. Beides vor dem Fahrer; ob das ne monocoque Bauweise ist? bin ich mir nicht allzu sicher, müsste man noch nachfragen.

Also für mich war soweit alles ok; tja: für mich: aber: meine Spezialtesterin kam da noch mit einem gewichtigen Warnhinweis: der klingt ja nicht! da fehlt etwas! der röhrt zu wenig! da hört man ja nichts von diesem , einmalig blechernen Klang, der sooo charakteristisch ist! da fehlt was….

und schon lässt sie den guten Maffaaiii den halben Furhpark anstarten: Modelle davor, danach, mit Turbo, ohne; offen geschlossen. Und dann die Entscheidung: „No, gein´s! deis is do wiakli ka g´scheida Kloung!…. b´sourgn´s uns an turbo, oba a bissl flotii, flotti, wenn i bitten darf!"

„Jawohl, Gnä Frau, Küß die Hand!" Sprach der Beefkone aus dem sonst so kühlen Norden, mit all der, ihm zur Verfügung stehenden, verschmitzten Freundlichkeit.

Ein Mann namens Schmidt, Harald Schmidt

Es war eine Zeitreise der Sonderklasse. Im Sonderzug nach
.... ((n)irgendwo. Ich hatte sie nicht angetreten, geschweige
denn gesucht, diese Reise, aber sie war wie etwas, dem man
sich auf gar keinen Fall entziehen konnte. Dem Sog ver-
gleichbar, der einen in seine unerbittliche Tiefe zieht, wenn
man vom Heck eines Passagierschiffes in´s Meer springen
wollte. Entrinnen unmöglich! Keine Chance.
Dabei begann Alles, wie schon fast lebensüblich und –
gewöhnlich sooo harmlos, ach so harmlos. Ich schrieb einen
Brief. In dieser Zeit konnte man keine gewöhnlichen Briefe
mehr schreiben, nicht Papier und Füllfeder zur Hand nehmen und – mit der Hand – ein Manuskript verfassen. Nein!
DAS gab es nicht mehr. Die Menschen, die so etwas noch
wertschätzten, waren entweder schon verstorben, oder aber
bereits soweit verblödet, verhärtet, oder verblendet, dass sie
einfach nicht mehr in der Lage waren, so eine Botschaft
noch zu rezipieren. Also schrieb ich meinen Brief mit den
Mitteln der „modern times" als e-mail. Durch eine geniale
Kombination aus Eingebung und moderner Nachrichten-
technik fand ich SEINE Adresse heraus, seine e-mail-
Adresse, natürlich. Man mußte von den Menschen in dieser
Zeit nicht mehr die Wohnadresse, oder deren Telephon-
nummer kennen, um sie zu erreichen, nein: man mußte ihre
e-mail-Adresse erraten. Nun war das bei einem großen Kon-
zern keineswegs leicht, da die Abschirmmechanismen ge-
waltig waren; so raffiniert angelegt, dass man von Außen
schon gar keine Chance mehr hatte, einzudringen oder sich

(unerwünscht) zu nähern. Um es kurz zu machen: es gelang mir per Zufall, ich hatte einfach Glück(!?). und: was man nicht ganz bei dieser neuen Briefeschreiberei vergessen sollte: ich hatte doppeltes Glück. Das nämlich sein terminlich gespickter Terminplan jene Vakanz freigab, die für diese Kommunikation von Nöten war.

So begann denn meine Zeitreise. Es war doch schon knapp 30 Jahre her, dass sich unsere Lebenswege kreuzten. Damals bei Beginn unseres Studiums. Wir waren beide fürchterlich junge, unverdorbene Burschen, die ein viel zu aufwändiges Studium zusammenführte. Irgendwie gelang es IHM dann deutlich leichter, dank seiner Akkuratess die ersten Klippen zu überwinden. Ich gab mich, quasi compensando der Reiterei hin und hatte meinen Spaß, den er damals nicht zu verstehen vorgab. „Hier riecht´s doch nach Pferd!" gab er lästerlich von sich, wenn er meinte, durch mich wieder einmal vom rechten Studienweg abgekommen zu sein, wenn wir das von ihm für diesen Tag vorgegebene Lernziel nicht erreichten, und stattdessen den selbstgebackenen Köstlichkeiten seiner Mutter hingeben mußten.

Wie auch immer trennten sich unsere Lebenswege dann bald einmal, da er – auf irgendwelche Skripten angesprochen – nur mit einem barschen: „Na, Du meldest dich auch nur, wenn du was brauchst!" antwortete, ohne diese dann, oder wenn, nur unwillig herauszurücken.

Viele Jahre später brauchte dann ER einmal etwas von mir. Ein junger Bursche hatte sich bei ihm vorgestellt und gab an, bei „Heresch & Heresch" gearbeitet zu haben. Da ihm der Name Heresch im Ohr klang, und er damit offensichtlich Gutes verband, fragte er mich, ob denn das stimmen könnte. Ich setzte mich für den guten Exmitarbeiter ein, und freute mich auch noch, ihn so gut versorgt zu wissen.

Tja und dann kam´s: eines schönen Tages beschloß ich, die Türen eines inzwischen angesehenen Großkonzerns, der auch schon sehr schlechte Zeiten gesehen hatte, für mich beruflich aufzustoßen. Ich hatte gerade eine Aussendung verfaßt und wollte nachhacken. Da fiel mir sein – kommuner – Name ein. Ich muß gestehen, keine Ahnung mehr gehabt zu haben, wie man denn Schmidt schreibt. Etwa wie Mayer, oder Müller, oder Wolf. Ich versuchte es einfach nach dem großen Vorbild aus der talk show: Harald Schmidt. Im Übrigen ein recht sympathischer Bursche… Und: hatte Glück!

Der – seiner Meinung nach große – Harald Schmidt, die Schießbudenfigur aus der Stadt der notorischen Selbstüberschätzer, gab mir die Ehre und antwortete. Zunächst noch recht hilfsbefreit und freundlich. Ja, er könne sich vorstellen, wer der richtige Ansprechpartner für mein Begehr wäre, und sandte mir sofort eine elektronische Visitenkarte zu. (per e-mail, versteht sich). Als ich nun – der puren Höflichkeit halber – auch nach seiner Visitenkarte fragte, bekam ich DIE Antwort: ja er sei jetzt der Herr Soundso, ein wichtiges Tier, aber ich könne noch trotzdem: „Du, Harald" zu ihm sagen…..

So konnte ich nicht ganz umhin, ihm zu erklären, dass unsere gemeinsame Ausbildungsstätte mehrere Präziosen an´s Tageslicht gefördert hätte. Ich sei nämlich gerade am Weg zum Max Planck Institut in Garching, um dort mit den Zuständigen über eine mögliche wissenschaftliche Kooperation auf dem Gebiet des „dusty plasma" (der Plasmaphysik) zu sprechen.

Wie´s dann so schön im internet-Zeitalter weiterging kann man sich vorstellen: der allzu schnell aufgebaute Kontakt war plötzlich abgebrochen.

OUhJeischahs! die is jo a vuil Ourweit....oder: über die (doch) begrenzte Arbeitswut der Unselbständigen

Wieder eine interessante Geschichte, die das Leben und nur das Leben und nur dieses selbst schreiben kann, denn „…deis kaum ma neit erfinden, neit amoil in unsarem Edablissmo!...“ hieß es in der Radiosendung dereinst in „Schmähl“, dem beliebten Radiosender für einsame Herzen und solche, die es noch werden wollen.

Also: da rief mich ein netter Kollege aus grauer Vorzeit an und fragte mich, welche Befindlichkeiten denn mein Ex-Kollege habe, der nicht nur jahrelang bei mir umsonst wohnte, sondern mir, quasi als Dank dafür, auch noch meine, bis dahin verlässlichen, Mitarbeiterinnen abgezogen hatte. Ich war – zunächst – verdutzt. Ja, konnte es denn sein, dass dieser Knabe wirklich gar nichts mitbekommen hatte? gar nichts von Alldem, was letztes Jahr und nicht irgendwann passiert war? Dieses, für mich recht entscheidende, (Berufs)jahr, in dem das Büro von einem florierenden Drei/Viermannbüro zu einer one-man-show degradierte? und das in dieser Branche, in der es bundesweit, auch wenn der Staat klein ist, vielleicht 5 gibt, die sich auf diesem Gebiet tummeln? Na, da frag´ ich mich mit nicht geringer Berechtigung: „Jo spinnt denn die Welt?“ Die Gefahr bei dieser Betrachtungsweise ist evident: wenn alle, also wirklich alle, außer mir , spinnen…. gibt es da vielleicht auch noch eine Möglichkeit, die den Umkehrschluß zuließe? sie werden´s nicht glauben, aber: so geht´s oder besser passiert´s mir öfter. Nicht oft, aber immer öfter. Aber: keine Angst!

ich bin in guter Behandlung und bleibe ihnen, so sie es wünschen, weiterhin als Autor erhalten.

Ich war also perplex, wie wir dazu in unserem Zwetschkenreich sagen. Doch damit nicht genug. Der gute Freund erklärte mir, dass er, als mittlerweilen 65 Jähriger, daran dächte, in Pension zu gehen. Ein Gedanke, der mich immer ein bisschen nachdenklich stimmt, da ja dann der schließlich gefährlichste aller Lebensabschnitte beginnt: Die Rente. Warum gefährlich, werden sie jetzt vielleicht fragen. Ganz einfach: dieser Lebensabschnitt endet immer tödlich.

Da mir dieses Glück, mit 65 in Pension zu gehen, nicht zu Teil werden wird, fragte ich ihn daher etwas ganz Anderes: ob er nicht einen Mitarbeiter, oder besser jemanden wüsste, der mein Büro – auf Sicht – übernehmen wollte. Ganz ohne böse Absicht, oder Hintergedanken. Ja, er kenne jemanden, einen Studenten, der zuvor schon einmal gearbeitet habe und aus gutem Haus stamme. Für mich implizierte diese Aussage: auch betucht war. Soweit so gut. Die Nummer war bald ausgetauscht und ich rief an. Irgendwie war da Etwas in der Stimme, das mich anfänglich zögern ließ, weiter zu sprechen. Ich meldete mich artig mit meinem Namen, am anderen Ende der Leitung: nichts, einfach nichts. Ich fragte nochmals nach, dann plötzlich : „Ja, wer spricht bitte?" ich wiederholte meinen Namen und versuchte mich langsam meinem telephonischen Gegenüber bekannt und ein wenig verständlich zu machen, erklärte, warum ich anrief und wie ich denn auf seinen Namen und Adresse gestoßen sei. Mehr oder minder großes Erstaunen begegnete mir. Ich fasste es so auf, konnte mich aber nicht so ganz richtig in das von ihm Gesagte einfinden. Es klang mir teils nach der Sonntagspredigt, teils nach der exzerpierten Wiedergabe eines philosophischen Taschenbuchs für Einsteiger, was mir da über den Ether entgegen brabbelte. Auch war da eine Mischung aus Altklugheit und Bewunderung zusammengekommen, wie ich sie sonst nur von indischen Gewürzmischungen kannte. „Strange, very strange" hätte mein Freund, Lord Synclair da zu seinem Partner Toni Curtis in seiner unnachahmlichen britischen Überheblichkeit gesagt.

So plätscherte das Gespräch ziemlich lang dahin, ohne das ich das Gefühl vermittelt bekam, dass mich der Junge richtig verstanden hätte. Dann plötzlich hatten wir's doch auf den Punkt gebracht. Es ging um mein Lieblingsthema Selbständigkeit. Ich versuchte der wirtschaftlichen Zwetschke die Vorteile der Selbständigkeit nahe zu bringen. Er nickte fast beständig, kam mir vor, und war – nach eigener Aussage – von Bewunderung überwältigt, als er all dies hörte. Was er nicht hören wollte, folgte auf den Fuß: die Binsenweisheit, dass man als Selbständiger selbst ständig arbeiten muß… das impliziert ziemlich viel und ist für alle, diesbezüglich Andersgläubigen, wie im speziellen Interessensvertreter, nicht nachvollziehbar, weil nicht vorstellbar. Ist für den Einen das Gehalt am Monatsersten fix, sind für den Anderen die Ausgaben fix. Man sollte meinen, dass das für logisch denkende und denkfähige Menschen nicht sooo eine komplizierte Sache ist, scheint es aber doch zu sein. Da hab' ich schon andere im diesbezüglich tiefsten Missverständnis ertappt. So natürlich auch unseren jungen Helden. Als ich ihm auf seine Frage: „ No, wos für a Gerschtl kriag i dein dou außa?" schlicht „Kaans" antwortete, war er maßlos enttäuscht…. Auf seine Frage : „Jo, wiasou dein neit?" versuchte ich ihm nochmals, jedoch vergeblich, das Selbständigentum, zu erklären: „ Nix is fix!"

Mäkimäkbein, oder: warum Vietnam-Veteranen keine Vergessenskünstler sind

ich hatte ja schon mal darüber geschrieben: Mäkimäkbein, my good old friend, from the states, will loose at last, I hope….

Ja, ich hoffe, dass die „Ami´s amoil g´scheit san und neit wiada an ouilten Kriaga zum frontmen" machen. Dazu ist diese Position, mag sie auch nicht mehr die wichtigste der Welt sein, doch zuu wichtig. Mäkimäkbein hat sich seine Verdienste erworben, mag sein. Was hinter ihm liegt ist sicher grausam genug gewesen, das „Hotel Hanoi" war sicher kein Zuckerschlecken. Folter ist etwas derart Grausames, das alle, die´s nicht erlebt haben, nicht einmal im Ansatz darüber urteilen sollten, auch nicht einen Atemzug einer Ahnung davon haben können…

Gerade deswegen bin ich der Meinung, dass dieser Mann ausscheidet. Ausscheidet für dieses Amt und ausscheidet für alle anderen staatstragenden Funktionen. Wer so was miterleben musste, ist für´s Leben geprägt. Da gibt es Denkschemata, die sich ein „Gesunder" nicht vorstellen kann, da sind im Gehirn tiefe und tiefste Kerbspuren durch das Erlebte eingezogen worden. Ähnlich der via apia antica, einer Straße in Rom, die obwohl sie zweitausend Jahre alt ist, nur wenige Jahrzehnte gebraucht hat, um ihr, auch heute noch markantes Aussehen zu bekommen: die tiefen Wagenspuren, die sich an der Oberfläche, halbmetertief rechts und links, dauerhaft eingekerbt haben. Der Straße damit zu ihrem bombierten Aussehen verhalfen. So ähnliche Spuren muß es, bildlich gesprochen, im Hirn des Mäkimäkbein geben. Unmöglich, dass sich soo furchtbare Ereignisse nicht in der Platine, unauslöschlich, eingebrannt haben. Das Gehirn, das immer noch unbekannte Wesen, fördert zum Teil längst vergessen Geglaubtes zu Tage, wie Gehirnforscher heute vage zu definieren versuchen. Eindrücke aus längst vergangener Zeit werden abgerufen, wenn es Ort, Zeit, oder Stunde gebietet. Alles ist abgespeichert, Nichts geht verloren. Verloren geht bestenfalls die Zuordnung. Das heißt, in die Computersprache übertragen: die Dateien sind vorhanden, lediglich der Zugriff wird, z.B: durch veränderte Dateinamen verweigert. Bis zu einem gewissen (Zeit)punkt. Durch irgendeinen Algorithmus kann der Zugriff wieder hergestellt werden und schon passiert das Unglaubliche: Wunder geschehen: Blinde können wieder sehen und Lahme wieder gehen. So lassen sich Naturphänomene, zu denen sicher die Denkleistung des Gehirns an vorderster Stelle gehört, so etwas wie erklären. Aber: viel zu unterentwickelt sind derzeit noch unserer Möglichkeiten, um solchen Dingen auf die Schliche zu kommen, geschweige denn hier nachvollziehbare Modelle für ihr Entstehen oder deren Auslöser anzubieten.

Von A, wie Allerweltsgeschichte, bis Z, wie Zumutung oder: für wie dumm halten die einen dennnn?

Es war „Der Kracher", der „Superhammer", oder schlicht: „die Story des Jahres 2010"; getitelt mal als „die Enthüllung" bis „die Affäre" oder „der Verrat". Die – schon einmal beschriebene – Wikileaks-Geschichte.
Wie kam es dazu? Was war eigentlich geschehen? (Erzählungen aus Medienberichten von „Der Spiegel" Nr. 48/29.11.2010 und „Stern" Nr.49 vom 2.12.2010; beide gelesen am 3.12.2010)
Die wohl bisher rührseligste Geschichte, die ein „Nachrichtenmagazin", das bis auf ein paar kleine Ausrutscher, wie „Hitler´s Tagebücher", als topseriös gilt, veröffentlichte ist wohl eben jene, die dieses gloriose Magazin mit dem Titel: „Der Mann, der Amerika verriet" in der o.a. Ausgabe Nr. 49 publizierte.
Da wird die ganze Affäre, als ein mehr oder weniger dummer Jungenstreich beschrieben, in dem es zwei, drei Rotzlöffeln (=dummen Jungs) gelingt, den Geheimdienst der bislang letzten, übriggebliebenen Supermacht einfach auflaufen zu lassen. Ganz fürchterlich auflaufen zu lassen. Zu vernichten, zu zerstören, zu desavouieren, lächerlich zu machen, zu entehren, von ihrem Podest zu stoßen, oder was weiß ich was zu tun....
Sie beschreiben dabei einen jungen Obergefreiten, Bradley Manning, einen sogenannten „Schützen Arsch" der US-Armee, der – nur weil´s ihm als „Nachrichtenoffizier" im Irakkrieg so fürchterlich fad war – ein bißchen im Internet herumsurft, dabei auf ein Genie, wie einen gewissen Julian

Assange stößt, und ihm über dessen Internet-Plattform „Wikileaks" die bislang geheimsten Geheiminformationen der amerikanischen Armee, inklusive Geheimdienst zu kommen läßt.

Die Geschichte spart nicht mit unterhaltenden und liebevoll skandierten Details, wie dass Wiki, aus dem Hawaiianischen stammte und soviel wie „schnell" bedeute und leaks eben das inzwischen schon sprichwörtliche Loch, durch ebendieses die schlimmen Nachrichten dann ge- oder entschlüpft seien.

Gespart wird auch nicht mit Gutmannsgeschichten, wie dass „Wikileaks" eigentlich als Dissidentenportal auf die Welt gekommen sei, das den Armen und Entrechteten dieser Welt endlich die (bitter) nötige Stimme verleihen würde; soll zum Beispiel heißen, dass gerade über diesen Kanal chinesische Widerständler/Systemkritiker der Weltöffentlichkeit ihre Ängste und Sorgen mitteilen könnten. Dies mit dem charmanten Vorteil, völlig unerkannt von der totalitären Überwachungsstaatsmaschinerie, einem perfektionierten Stasipendant ähnlich, agieren zu können. Dies wie gesagt mit dem ehrenvollen Ziel, die Welt wenigstens ein bißchen hinter dem Ofen hervorzuholen, um auf Probleme aufmerksam zu machen, die ihr (der Welt) sonst absolut verborgen blieben.

DAS Portal also, dass es auch der, bei der letzten Wahl im Iran nur knapp unterlegenen Gegenpartei von Achmadineschad, dessen Anführer man inzwischen schon gar nicht einmal mehr namentlich kennt, es ermöglicht haben soll, „seine" Bilder der Wahrheit an die Weltöffentlichkeit zu bringen. (Sie erinnern sich sicher noch an die tumultähnlichen Szenen und Straßenschlachten, in der die aufgebrachte Masse dem völlig überforderten iranischen Militär erheblich zusetzte, worauf dieses wiederum mit brutalster Härte vorging)

Oder DAS Portal, das genau jene Filmszene „in´s internet stellte", in der aus einem amerikanischen Militärhubschrauber wahllos in eine Menge von zahlreichen Zivilisten geschossen wurde.
Dies – nach Wikileaks -Berichten – auch „nur", weil die dummen, wahllos mordenden US Soldaten die gezückte Kamera eines Reuters-Journalisten (dieser Zivilsten) mit einer Maschinenpistole verwechselt hätten (?!?)

Usw. usw. usw…….
Kurz: der Wikileaks-gründer : Julian Assange wird als unverbesserlicher, aber auch eigenbrödlerischer Weltverbesserer beschrieben, der in sich den unstillbaren Drang verspürt, den dunklen Mächten dieser Welt den Kampf anzusagen. Und das mit den Mitteln der heutigen Zeit. Dazu gehört als integrierender Bestandteil aber jedenfalls der – wie es scheint zumindest bis dato – unentdeckte, anonyme Angriff der Entrechteten, Verletzten, Gefolterten, Geschändeten dieser Welt.
Die zweite Säule ist das Medium, dass man diesen Menschen zur Verfügung stellen muß. Das Medium, zu dem sie den unerkannten Zugang aus allen Teilen der Welt zu jeder Zeit haben. Wenn diese plattform erst einmal geschaffen ist, funktioniert der Rest von selber: Dann braucht nur mehr eine Hand von gut ausgebildeten Journaillien die bad news von den very bad news zu trennen….

Tja: das Ergebnis haben sie nun präsentiert bekommen; Eines können sie aber nach wie vor: Glauben! was und wem sie wollen.......

Wiki Leaks, oder: wie immer diese Scheiße heißt

die moderne Internetgeneration machte es möglich: jetzt blieb aber wirklich nichts mehr, rein gar nichts mehr geheim. Ist doch Wahnsinn, purer Wahnsinn!
Aufgeflogen ist die Affäre, nachdem ein Wahnsinniger, namens Bruce Lee, oder wie immer diese miese Nummer auch heißen mag, auf die Idee kam, auf so etwas wie „ausgleichende Gerechtigkeit", oder: what so ever, zu spielen.
Er meinte, dass die Öffentlichkeit ein, besser jedes, oder: ein absolutes(?!) Recht auf Information hätte und begann, geheime Nachrichten zu stehlen.
Wie er dazu überhaupt kam, wird sein Geheimnis bleiben; welche Mittäter er hatte, werden vermutlich einige „Ehrenbürger", egal welcher Nation, gerne wissen wollen.
Um nun zu DIESEN Informationen zu kommen, musste er vermutlich Geheimdienstagentenniveau besessen haben, zumindest aber deren Branche und deren Usancen guuuut gekannt haben.

Seine Veröffentlichungen waren zunächst von eher peinlichem, denn wirklichem Unterhaltungswert und beeinträchtigten die deutsch-amerikanischen Beziehungen vermutlich nur marginal, oder peripher. Wenn interessierte nun – in der Öffentlichkeit – wirklich, welche Einschätzung die „states" über die Tunte vom Dienst, oder seinen Mann hatten; weshalb nun der physikalische Ossi-import plötzlich die Teflonlady genannt wurde, oder, oder…

Einfach nur diplomatisches Mistzeug; an die Oberfläche geschwemmte Ergebnisse einer, sowieso von Falschheiten und falschen Freundlichkeiten geprägten, high snopiety. Unnützer Tand also! Tja, wenn die mal eine vor den Latz kriegen, wem schadet´s?; oder: was kümmert´s den einfachen Harz IV-empfänger?
Könnte man dazu meinen....

Aber: es kam dicker, viel viel dicker, als sich der dumme Idiot, der die Lawine losgetreten hatte in seiner schlimmsten/dümmsten(?) Phantasie vorstellen konnte!

Seine gute Idee war – über kurz oder lang – zum Selbstläufer geworden. So waren auf einmal streng geheime, und nicht nur geheime Nachrichten wie anfangs, im www, dem ach so herrlichen und „segensreichen" world wide web, natürlich für jeden Internet-Idioten der ganzen Welt auf einen Schlag und per einfachem Mausklick zugänglich geworden.

Keiner, wirklich gar keiner wußte nun mehr die bad-news von den very-bad-news zu trennen. Keiner konnte mehr einschätzen, wie ernst, oder wahr die Informationen, so ferne es denn überhaupt noch solche waren, einzuschätzen waren....

Der Infomationskollaps verbreitete sich, dank Internets Hilfe rasend schnell, die Apokalypse folgte ihm auf den Fuß.

Herzlichen Dank noch, mister Lee!

Wie konnte DAS nur passieren;
Oder: ein Bericht zu einem Bericht aus Nürnberg

Es war der 8., nein eigentlich schon der 9. Dezember, nachts als ich diesen schaurig-ergreifenden Film zum inzwischen sicher schon X-ten male sah. Diesmal mit dem leichten Unterschied, wenigstens ein wenig (mehr) mitgenommen zu haben, als zuletzt.
Es ging um die Nürnberger Prozesse. Besser: den verfilmten Versuch einer Widergabe dieser, für mich noch immer nicht ganz vorstellbaren, fürchterlichen Zeit.
Die Rollen waren zum überwiegenden Teil glänzend besetzt und unheimlich authentisch gespielt. Beinahe konnte man den Eindruck gewinnen, selbst am Prozeß teilnehmen zu können oder zu müssen.

Die immer wiederkehrende Frage, die sich auch heute noch stellt, und immer noch unbeantwortbar bleibt, ist, ob denn die damaligen Täter wußten, was sie taten.
Immer und immer wieder wurde von den Meisten behauptet, nichts gewußt, oder nicht aktiv gehandelt zu haben....

In dem Teil, in dem Richter und Staatsanwälte ihren Prozeß bekommen, stellen sich gleich zwei Fragen: zum einen, ob nun der Richter, oder (sein) Henker der/die Täter war(en).

Und, ob denn ein Richter nicht immer NUR nach den (jeweils) geltenden Gesetzen – als Vollzugsorgan – zu handeln/entscheiden habe, und NICHT nach eigenem, menschlichen Ermessen.

Die dritte Frage, inwieweit auch Zuschauen im Sinne von nicht Handeln, oder agieren ein Verbrechen (gewesen) ist, wird sich wohl die ganze (damalige) Welt gefallen lassen müssen.

Die Beispiele die der Verteidiger, Maximilian Schell, anführte waren sehr gut gewählt: So hätten die Russen die Vormachtstellung Hitlers durch den berühmten Hitler-Stalin-Pakt begünstigt und hätten die Amerikaner Deutschland durch Waffen- und Kriegsmateriallieferungen erst in die Lage versetzt, das zu tun, was sie dann später getan hatten. Schließlich seien Hitlers Haßtiraden auf „Andersgläubige" öffentlich zugänglich gemacht und von der ganzen Welt – widerspruchslos und sicher nicht alternativenlos – präsentiert worden.

Faktum ist, dass die (präsumtiven) Opfer von niemandem beschützt wurden. Eine Tatsache die weder die Täter, noch die Mittäter entschuldet, geschweige denn entschuldigt.

Wittgenstein´s Neffe, oder: über die wahre Inkompetenz der Inkompetenten

„Die psychiatrischen Ärzte sind die tatsächlichen Teufel unserer Zeit" – schrieb dereinst einer, der´s vermutlich – aus welchem (Hinter)grund auch immer wissen mußte; einer, der offensichtlich lebenslang darunter litt, immer wieder falsch und nie wirklich richtig behandelt worden zu sein.

Dazu schreibt mein Freund: …. die sogenannten psychiatrischen Ärzte bezeichneten die Krankheit meines Bekannten einmal als diese, einmal als jene, ohne den Mut gehabt zu haben, zuzugeben, dass es für diese wie für alle anderen Krankheiten auch, keine richtige Bezeichnung gibt, sondern immer nur falsche, immer nur irreführende(re).….;

….alle Augenblicke flüchteten sie sich in ein anderes Wissenschaftswort, mit dem einzigen Zweck, sich zu schützen und – vor weiß Gott auch immer, wem oder was – abzusichern.….;

…wie alle anderen, sogenannten Ärzte – oder sollte man besser: absolut unheilbare Patienten sagen? - verschanzten sie sich hinter der lateinischen Sprache, die sie zwischen sich und den zu Behandelnden, um hier nicht mißdeutend wieder : Patienten zusagen, als einen unüberwindlichen und undurchdringlichen Wall aufrichteten.

Dies zum alleinigen Zweck, der Vertuschung ihrer Inkompetenz und der Vernebelung ihres Scharlatanismus; so schieben sie denn das Lateinische als eine Mauer zwischen sich und ihre Opfer, diese wahren Teufel unserer Zeit"

Mein Freund war niemand geringerer als Thomas Bernhard, in seinem Stück:"Wittgensteins Neffe". Also beschrieb Thomas Bernhard diesen Neffen Wittgensteins als psychiatrischen Patienten der Baumgartner Höhe schon sooo lebensecht und –nah, dass man beinah´geneigt ist, anzunehmen, er – Thomas Bernhard selbst – habe diese Mißhandlungen am eigenen Leib verspürt (?!).
Ohne damit selbstverständlich dem genialen, oder besser: genial, provokanten Autor nahe treten zu wollen, fällt doch das ein wenig Zuviel an Intimkenntnis des Genres: Psychiatrie auf.

Eines jedoch stimmt zweifellos: Sie sind verdammte Dilettanten, diese sogenannten „psychiatrischen Ärzte"! sicher die größten unter der großen Dilettantenkommune (der Ärzte) allgemein, da sie mit dem absolut geringsten Wissen, das vermutlich größte Unheil angerichtet haben und anrichten….

Man muß jetzt gar nicht nur an die unrühmliche Nazivergangenheit von „Ärzten" in diesem speziellen Sektor der damals als Medizin bezeichneten partiellen Volksvernichtung denken.

Nein: DIESE Blödheiten und Unfähigkeiten „verhelfen" auch heute noch zahllosen Geschädigten zu so bezeichneten, mitunter lebenslang anhaltenden posttraumatischen Belastungsstörungen, hervorgerufen durch die „Kunst" der Ärzte.

Das Kunst hier von Können stammen sollte, kann man sich dabei durchaus verkneifen....

Wetten daß??...... es ein Suizidversuch war?

Jetzt werden wieder einige über mich (gedanklich) herfallen und sagen: DER schon wieder mit seinen (kranken) Gedanken!

Aber: WAS steckt wirklich in so einem Menschen? In so einem Menschen, der (beruflich) den Tod sucht?

Kann man diese Todessehnsucht jedem „stuntman" unterstellen?

Sind stuntmen nichts anderes als die Gladiatoren unserer Zeit?

Verlangt die Gesellschaft von uns, dem „Unterhaltungsgott" ein (regelmäßiges) Opfer zu bringen?

Ich persönlich habe „Wetten, daß?" schon lange nicht mehr gesehen.

Es hatte bei uns mit den traditionellen Samstag-abenden und den regelmäßig wiederkehrenden Familiensitzbädern bei Onkel und Tante zu tun. Da gehörte es einfach dazu, im Hintergrund ORF 1, das österreichische Hauptabendprogramm auf halber Zimmerlautstärke laufen zu lassen. Keiner sah so wirklich hin, ich schlief nach dem üppigen aber köstlichen Essen der Tante meist eine Runde vor dem Fernseher ein. Als ich wieder aufwachte, waren die highlights entweder schon vorbei, oder gerade im Anrollen. Von mir jedoch kaum bemerkt. Auch den anderen fiel die Sendung schon eher wegen der markigen Sprüche, denn wegen der spannenden stunts auf.

Es war die Zeit, in der solche Unterhaltungssendungen noch von der Schlagfertigkeit und Wortgewandtheit des Moderators lebten, denn von sonstigen Dingen.

Da gab´s auch noch den guten Joachim Kuhlenkampff….

Ach waren DAS noch schöne Zeiten.

Allein, wie ihm dann zum Schluß der Martin Jente, als Butler verkleidet, noch in den Mantel half…. Und dabei noch DIE Frechheit des Abends auspackte!

Einfach köstlich, einfach genial. Und: völlig OHNE Spektakel! Spektakel im Sinne von Nervenkitzel. Den Nervenkitzel gab´s bestenfalls, wenn ein Kandidat manchmal eine Frage nicht, oder nicht gleich wußte. Oder: die ausgleichende, harmlose Geschicklichkeitsübung im Team doch nicht gelang.

Jedoch : KEIN Vergleich zu dem, was heutzutage bei der dämlichen „Wetten, daß?"-Olympiade der Blödheiten im Fernsehen abzulaufen hat.

Die Zusammenfassung der Einlagen der letzten Zeit haben´s wieder gezeigt: „Je oller desto toller!" Könnte man subsummieren…

Da fährt doch glatt ein Auto über einen jungen Mann, der in einer Straßenrinne eingekeilt liegt!

Ein Junge läuft über ihm entgegenkommende Autos!

Ein anderer springt über sie und macht dabei noch einen Salto (mortale)!!

Ja, geht´s denn noch blöder, gefährlicher, unsinniger?

Was erwartet sich denn das dämliche Publikum noch alles?

Oder besser: WER macht denn DA mit?
Und, die vielleicht entscheidendere Frage: warum?

Da bin ich wieder am Ausgangspunkt der Überlegungen:
wenn der Agitator, genannt „stuntman", nun über die Gefahr
bescheid weiß, wovon man ausgehen kann, ist das nun ein
bewusstes Spiel mit dem Tod?

Müsste man ihn dann nicht „vor sich selbst schützen", wie
unlängst ein ZDF-Nachrichtenmoderator kürzlich abends
meinte?!

Nur damit der Mythos lebt, oder: eine Legende, die sich selber schuf

Für meine Expert(innen) war es klar: klassischer Selbstmord oder Freitod, wie immer man es auch bezeichnen will. Wie damals beim Hürlimann oder Knacko. „Der hout si söiba wegtaun!" – wie es in dem breiten Obersteirischen so schön vokalreich klingt. „Söibst min Dienstwougn is der nia gfoarn!" Aber: war das notwendig, um als Mythos in die Geschichte einzugehen, ewig die junge Legende zu? Das gerade jetzt, am Wiederbesteigen des Gipfels der Macht? Knapp vor dem Erreichen des selbstgesteckt größten Ziels, endlich in der Bundesregierung mitzuspielen, oder dieser in der Opposition wirkungsvoll das Leben schwer zu machen. Für mich macht dies keinen, oder nur wenig Sinn. Ich kann es einfach nicht fassen. Ich bin da eher Fatalist. Biederer Fatalist. Denn, wenn man davon ausgeht, dass Ort und Stunde des Todes eines Menschen bestimmt sind, war´s eben so. Unverrückbar. Dann war es eben ein Unfall, ein Zufall, keine Absicht, schon gar keine selbstmörderische Absicht. Aber: wie war es dann mit der Angie? Sie erinnern sich sicher noch. Die Theorie geistert ja heute noch in den Köpfen herum. Hatte sie es einfach nur nicht geschafft, oder war es einfach weder Ort, noch Stunde ihres Todes, damals vor 27 Jahren ?!?

Media vita in morte sumus - mitten im Leben sind wir im Tod

media vita in morte sumus – ist lateinisch zuu schön, um es gleich effektvoll in´s Deutsche übersetzten zu können. Gemeint ist, dass wir, wann auch immer im Leben, vom Tod umgeben, verfolgt, umzingelt, von ihm einfach begleitet sind; treffsicherer wäre hier zu sagen: der Tod gehört zum Leben, oder: … der Tod riss ihn aus dem (vollen(?)) Leben. Denn: wer weiß es wirklich so genau, ob er nun mitten im Leben stand, oder gar dem Tod schon näher stand als dem Leben. „…es war ein pralles, an … Höhen und Tiefen reiches Leben…" deutet schon auf etwas Bestimmtes hin. Auch die Bemerkung: „… der jähe Tod passt irgendwie…." zur Unstetigkeit des Verstorbenen, klingt hart und lässt - für mich – noch weniger Zweifel offen; schließlich gibt die Aussage: „…kaum jemand konnte sich vorstellen, dass dieser… von starken (Selbst-)zweifeln gepeinigte, bisweilen gar (selbst)zerstörerisch Veranlagte…" dem sensiblen Betrachter kaum mehr eine andere Interpretationsmöglichkeit als die Eine, nicht ausgesprochene. Ich finde es auch gut so. Es darf keine ex-post-Interpretation so weit gehen, das Ansehen des, immerhin Verstorbenen, zu besudeln, denn: der kann sich nicht mehr wehren, weswegen meine Freunde aus dem alten Rom auch gemeint hatten: de mortuis nihil, nisi bene! – Nichts, wie Gutes über die Toten! Sie haben das Recht dazu. Das Recht, in Ruhe gelassen zu werden. Sie sind nicht mehr von dieser Welt und brauchen sich von ihr auch nicht mehr in die Pflicht nehmen zu lassen, oder sich anschütten, schmähen, oder sonstiges zu lassen. Sie nicht mehr. Er natürlich auch nicht mehr. Er, der zu Lebzeiten ein schlimmer Provocateur war, einer, der die Leute in seiner Umgebung, aber auch alle Anderen in Aufruhr gebracht hat und auch weiterhin, post mortem, bringen wird. Er kann und konnte es nicht lassen. Er musste nachhaltig wirken, sich ein Denkmal setzten. Wie der Kolumnist der FAZ richtig schrieb, kann und konnte sich wohl kaum jemand vorstellen, dass jemand wie er ruhig in seinem Sesserl sitzend in hohem Alter verstirbt. Er nicht. Man traut es ihm nicht zu. Ihm nicht, obwohl er es vielleicht doch wollte. Welch eine An-maßung eigentlich! Man war der Meinung, dass er das so wollte, obwohl ihn niemand danach gefragt hatte. Es war bloße Vermutung. Es wurde ihm bloß in den Mund gelegt, ihm, dem verstorbenen. Eigentlich eine Frechheit, denn – wie schon oben beschrieben – er konnte und kann sich nicht mehr dagegen wehren. Wie ich ihn kenne, und ich gebe - im Gegensatz zu vielleicht vielen anderen - gerne zu, ihn schlecht gekannt zu haben, hätte er sich dagegen gewehrt. Vielleicht auch deshalb, weil es stimmte; weil irgendwer das Spiel gespielt hat, das nur er so meisterhaft spielen durfte: Das Gedanken-Erkennen-Spiel. „Ich weiß was, was du (noch) nicht weißt….., und das ist deine Unterbewußtseins-Welt, aus der deine „zufälligen" Gedanken resultieren, die dich steuert, der du – und nicht ich(!) – hoffnungslos ausge-liefert bist!" Denn ich kann deine Gedanken lesen, in deine Gedankenwelt eindringen, dir bleibt dieser Zugang ver-schlossen. Du kannst nicht in dein, geschweige denn in mein, Innerstes eindringen, den berühmten „Gang in den Keller des eigenen Ichs machen", ich schon, ich kann das! So, oder so ähnlich muss er, wie auch seine Leidensgenos-sen es können, agiert, oder besser: gedacht und aus dem Unterbewußtsein gehandelt haben. Einfach mal schnell in den Keller gegangen, um sich wieder ein paar gute Ideen zu holen, wie sich der Andere – sie erinnern sich sicher an „das Haus der weißen Urnen" - eine Flasche Wein holt. Nicht irgendeinen, um Gottes Willen, nein einen ausgewählt guten, einen Jahrgangswein; eben jenen, den man für besondere Gelegenheiten aufhebt. Aber: er ist gefährlich, dieser Gang in den Abgrund der Seele. Offensichtlich kann diesen Gang niemand öfter unbeschadet tun und : irgendwann scheint eine Rückkehr aus diesen Tiefen nicht mehr möglich; ist derjenige zu nah an's Feuer gegangen, oder der Sonne zu nah gekommen, mit seinem Wachsfedernkleid...... das Un(ter)bewusste hat ihn mit Haut und Haar verschlungen.

„In diesem fürchterlichsten aller Staaten
haben sie ja (wieder) nur die Wahl
zwischen schwarzen und roten Schweinen"

(Thomas Bernhard: Heldenplatz)

oder: **das politische (Über)leben danach**

die Aussagen waren hart, alle waren sehr sehr hart, in diesem, wohl unvergleichlichen Bühnenstück von Thomas Bernhard. Ich habe es hier fast wörtlich zitiert. Es waren nicht die einzig harten aussagen dieses Werks. „..... was sagen Sie, werden die Roten die nächste Wahl gewinnen? die haben doch keinen Charakter und die schwarzen sind lauter Dummköpfe ..." entstammt auch der Feder des Thomas Bernhard, der für diese systemkritischen Äußerungen (oder nicht?!) sich einiges an Rügen und Vorwürfen hat gefallen lassen müssen. Aber: wie sieht es denn nun aus, fast auf den Tag genau zwanzig Jahre später? wieder in einem Gedenkjahr. Nona, wenn man da an 1938 denkt, ist's schon wurscht, ob man das Rad der Geschichte nur 50 oder gleich siebzig, warum denn nicht auch gleich hundert Jahre zurück- oder nach vor schraubt. Was hat sich seitdem geändert in dem rot-schwarzen-Einheitsbrei, wie einer sagte und gebetsmühlenartig wiederholte, der heute auch nicht mehr lebt. Der immer und immer wieder mutig gegen genau diesen Einheitsbrei angetreten ist, die politische Landschaft verändert hat, wie alle, auch die politischen Gegner in ihren

Nachrufen ganz offen bekannt haben. Einer, der mit Thomas Bernhard , vermutlich besser, nicht in einem Atemzug genannt werden sollte, der aber einer war, der die Dinge ebenso drastisch beim Namen genannt hat. Hat nun ein Schriftsteller Politik gemacht, oder ein Politiker nur(?) philosophiert und was mich noch mehr interessiert: wer übernimmt nun deren beider Rolle? Ich etwa? würden sie mir das zutrauen? mir dem ewig guten Jasager, dem angepassten Querdenker? in welcher Rolle etwa? der politischen, der schriftstellerischen, oder einfach der systemkritischen.

Irgendwie, muß ich ganz frei von der Leber weg zugeben, dass ich von beiden Persönlichkeiten, wie wohl ich nur eine und die schlecht gekannt habe, begeistert, fasziniert und irgendwie angetan bin. Sie müssen viel gemeinsam gehabt haben. Viele Nöte und Unzufriedenheiten geteilt haben, die ich in der Dicke nicht teile, wie wohl auch ich nicht nur ein Grundzufriedener, ein ewig wiederkehrend Suchender bin. Doch politisch gesehen, hatte der eine, wie der andere recht. Jeder Staat braucht seine Querulatoren, jeder Karpfenteich seinen Hecht, jeder königliche Regent hatte seine Hofnarren, die mitunter die eigentlichen Regenten gewesen sein sollen. Wer hätte ihn, den Querulator bremsen können, wenn nicht er sich selbst? wer hätte den Professor Josef von seinen Ängsten und Nöten befreien können, wenn er es nicht selbst getan hätte? Sind das erlaubte Analoga, werden sie vielleicht fragen. Ich meine Ja. Denn wenn ich daran denke, wie sich die Wogen nun, nach seinem 20jährigen Kampf gegen rot-schwarz wieder schließen werden und das Meer, das er trockenen Fußes durchschritt, keinen Zentimeter Breite mehr freigeben wird, kann einem bei dieser Vorstellung jetzt schon schlecht werden. Kann es sein, dass wir wieder lange, sehr lange Zeit auf einen Erlöser warten müssen?

Herstellung und Verlag:
Books on Demand GmbH, Norderstedt
ISBN 978-3-8448-0889-6